Les Éclats d'un Rêve Brisé

Kaelan Lysborne

Published by Kaelan Lysborne, 2024.

This is a work of fiction. Similarities to real people, places, or events are entirely coincidental.

LES ÉCLATS D'UN RÊVE BRISÉ

First edition. October 22, 2024.

Copyright © 2024 Kaelan Lysborne.

ISBN: 979-8227315397

Written by Kaelan Lysborne.

Also by Kaelan Lysborne

Sous les Bombes de Berlin
L'Âme du Petit Prince
L'Écho du Silence
Le Masque du Silence
L'Énigme de l'Hôtel des Cimes
Le Poids des Secrets Fraternels
Le Poids du Mensonge
Le Réveil des Ombres
Les Âmes égarées se Retrouvent
Les Brumes de l'Espoir
Les Éclats d'un Rêve Brisé
Les Épreuves de l'Âme
Les Héritières des Étoiles
Les Ombres du Passé
Les Secrets de Papier
Les Vérités Invisibles
L'Heure des Décisions
Sous les Bombes de Berlin

1. Les Éclats d'un Rêve

Le tic-tac régulier de l'horloge murale rythmait la monotonie du bureau. Les murs gris, les dossiers empilés, les écrans d'ordinateur scintillant de lumière artificielle : tout dans cet espace exsudait une banalité étouffante. Élise Marceau, assise à son poste depuis déjà deux heures, fixa son écran sans vraiment le voir. Ses doigts effleuraient machinalement les touches du clavier, exécutant des tâches routinières qui ne sollicitaient qu'une fraction de son attention.

La journée s'étirait devant elle comme un ruban de néant, et pourtant, c'était ici qu'elle passait le plus clair de son temps, cinq jours sur sept, à traiter des données, à répondre à des courriels insignifiants, à organiser des réunions où les mots se perdaient dans un brouillard d'indifférence. Elle inspira profondément, cherchant à chasser la mélancolie qui s'insinuait en elle à chaque instant de répit.

Mais ce matin-là, quelque chose était différent. Peut-être était-ce la lumière crue du néon qui accentuait les ombres sous ses yeux, ou bien la fatigue accumulée d'une vie où la passion avait été reléguée au second plan. Toujours est-il que son esprit vagabonda vers un autre temps, une autre Élise, celle qu'elle avait été, ou plutôt, celle qu'elle avait rêvé de devenir.

Elle se souvenait encore du jour où elle avait découvert sa vocation. Elle avait dix-sept ans, et la première fois que ses doigts avaient touché la toile, elle avait senti une connexion profonde, presque mystique. Le monde extérieur s'était estompé, et elle avait trouvé un exutoire, une façon d'exprimer ce qu'elle ne pouvait dire avec des mots. La peinture était devenue son langage, son refuge, sa raison d'être.

Les années qui suivirent furent pleines de promesses. Élise avait été acceptée à l'École des Beaux-Arts, où elle avait plongé corps et âme dans ses études. Ses œuvres, vibrantes, pleines de vie, attirèrent rapidement l'attention des professeurs et des critiques. Ils voyaient en elle un talent brut, une artiste en devenir. Elle se souvenait des regards admiratifs lors de ses premières expositions, des mots d'encouragement, des promesses d'avenir brillant.

Mais avec les années, le doute s'était immiscé en elle, insidieux, inévitable. Chaque coup de pinceau devenait un défi, chaque toile un jugement. Les éloges se firent plus rares, remplacés par des critiques acerbes, des attentes impossibles. Le monde de l'art, qu'elle avait tant idéalisé, s'était révélé impitoyable. Les échecs s'accumulèrent, et avec eux, la peur de ne pas être à la hauteur. Elle s'était mise à éviter l'atelier, à trouver des excuses pour ne pas peindre. Ses pinceaux prirent la poussière, ses toiles restèrent vierges.

La réalité s'était imposée : il fallait bien vivre, payer les factures. Peu à peu, Élise s'était tournée vers une carrière plus stable, plus "raisonnable". Elle avait accepté ce poste dans une petite entreprise, pensant que ce serait temporaire, juste le temps de retrouver son élan créatif. Mais les jours étaient devenus des mois, puis des années. Et avant qu'elle ne s'en rende compte, l'art avait été relégué au rang de souvenir, un rêve brisé qu'elle n'osait plus effleurer.

Le téléphone sur son bureau sonna, la tirant brusquement de ses pensées. Elle sursauta légèrement, la main tremblante lorsqu'elle décrocha le combiné. C'était un collègue demandant un rapport, une tâche parmi tant d'autres. Automatiquement, elle répondit avec un sourire feint dans la voix, promettant de s'en occuper immédiatement.

Après avoir raccroché, Élise resta un moment immobile, fixant le mur en face d'elle. Un tableau impersonnel, probablement acheté en série dans un magasin de décoration, pendait là, comme une insulte silencieuse à tout ce qu'elle avait autrefois aimé. L'image figée d'un paysage fade la narguait, rappelant ce qu'elle aurait pu créer, ce qu'elle avait laissé s'évanouir.

Elle se demanda, non pour la première fois, comment elle en était arrivée là. Comment les éclats de son rêve s'étaient dispersés, jusqu'à ne plus être qu'une poussière lointaine dans les recoins de sa mémoire. L'amertume s'insinuait en elle, s'enroulant autour de son cœur comme un serpent. Elle savait qu'elle n'était plus celle qu'elle avait rêvé d'être, et chaque jour au bureau ne faisait que renforcer cette prise de conscience.

Les heures passèrent, et avec elles, la routine. Élise compléta les tâches assignées, répondit aux demandes, se plongea dans la paperasse. Mais dans un coin de son esprit, la petite voix persistait, murmurant des souvenirs d'autrefois, des couleurs vives et des passions oubliées. Le soir venu, en quittant le bureau, elle jeta un dernier regard à l'horloge murale. Une autre journée s'était écoulée, une autre pièce de son âme s'était éteinte.

Dehors, le crépuscule s'installait sur la ville. Elle rentra chez elle, les mains vides, le cœur lourd. Elle savait que demain, tout recommencerait. Et pourtant, au fond d'elle, une infime étincelle subsistait, un éclat de ce rêve qu'elle avait jadis caressé. Mais cet éclat semblait si faible, si lointain, qu'elle doutait de pouvoir jamais le raviver.

Pourtant, ce soir-là, en fermant les yeux, Élise se promit qu'un jour, peut-être, elle retrouverait ce qu'elle avait perdu. Peut-être qu'un jour, les éclats de son rêve se reformeraient, et qu'elle pourrait enfin redevenir celle qu'elle avait été destinée à être.

Mais pour l'instant, tout cela n'était qu'un vœu pieux, un murmure dans le vent de sa mémoire désenchantée.

2. Les Ombres du Passé

Le bar était plongé dans une lumière tamisée, ses coins obscurs habités par des murmures discrets et le tintement occasionnel des verres. Antoine Lavallée, derrière le comptoir, essuyait machinalement un verre, les yeux fixés sur le reflet brisé des bouteilles d'alcool qui se tenaient en rangée devant lui. Ce petit bar de quartier, avec son mobilier usé et son ambiance feutrée, était devenu son refuge, son échappatoire. Ici, il pouvait se fondre dans la routine, se perdre dans les histoires de ses clients et oublier, ne serait-ce qu'un moment, la vie qu'il avait laissée derrière lui.

Ce soir-là, le bar était relativement calme. Quelques habitués étaient assis à leur place habituelle, échangeant des banalités sur la journée qui s'achevait. Antoine appréciait ces moments de tranquillité, où les souvenirs du passé semblaient s'atténuer, relégués à l'arrière-plan de sa conscience. Mais cette paix fragile était sur le point d'être brisée.

La clochette de la porte tinta, annonçant l'arrivée d'un nouveau client. Antoine leva les yeux par réflexe, prêt à accueillir le nouvel arrivant avec son sourire poli de barman. Mais le sourire mourut sur ses lèvres lorsqu'il reconnut la silhouette qui se dessinait dans l'entrée.

C'était Marc Duval, un ancien collègue de son époque d'avocat. Antoine sentit une boule se former dans son estomac, un mélange de surprise, de colère et de peur. Il n'avait plus revu Marc depuis le jour où tout s'était effondré. Que faisait-il ici, dans ce bar perdu de la ville, des années après le scandale qui avait ruiné sa vie ?

Marc balaya le bar du regard avant de s'approcher du comptoir, un sourire légèrement forcé aux lèvres. "Antoine, ça fait un bail," dit-il en s'asseyant sur un tabouret, comme si tout était normal.

Antoine hocha la tête, essayant de dissimuler son trouble. "Oui, ça fait longtemps," répondit-il, gardant son ton neutre. Il posa le verre qu'il essuyait et se tourna vers Marc. "Qu'est-ce que je te sers ?"

"Un whisky, comme avant," répondit Marc, toujours souriant. "On pourrait presque croire que rien n'a changé, pas vrai ?"

Antoine acquiesça en silence, se détournant pour prendre une bouteille de whisky et verser une généreuse dose dans un verre. Il déposa le verre devant Marc, se demandant si ce dernier était là pour le confronter, pour exiger des réponses ou simplement par curiosité malsaine.

Marc prit une gorgée de son whisky avant de lever les yeux vers Antoine. "Je suis passé dans le coin et je me suis dit que je viendrais te voir. On a tous été surpris quand tu as disparu du jour au lendemain."

Antoine se tendit, sentant la colère monter en lui. "Disparu ? Je n'avais pas vraiment le choix, Marc."

"Je sais," répondit Marc avec un soupir, posant son verre sur le comptoir. "Mais tu sais, Antoine, on a tous fait des erreurs. Personne ne t'a blâmé plus que nécessaire, tu sais. On aurait juste aimé que tu restes, qu'on affronte ça ensemble."

"Affronter quoi ? Ma carrière détruite ? Mon nom traîné dans la boue ? Non, Marc, je ne vois pas ce que j'aurais pu affronter avec vous," répliqua Antoine, la mâchoire serrée. Il sentait les vieilles blessures se rouvrir, les souvenirs du procès, des accusations, des regards accusateurs. Tout cela qu'il avait tenté d'enfouir revenait en force.

Marc haussa les épaules, comme s'il n'y avait rien à ajouter. "Tu sais, Antoine, tu aurais pu t'en sortir. On s'est tous battus pour essayer de te défendre."

"Et ça m'a aidé comment ?" rétorqua Antoine, la voix tranchante. "Regarde-moi maintenant. Je suis ici, à servir des verres dans un bar minable, parce que c'est tout ce qu'il me reste."

Il ne put s'empêcher de noter l'expression compatissante sur le visage de Marc, et cela l'irrita encore plus. Il ne voulait pas de la pitié, encore moins de la part de ceux qui, d'une manière ou d'une autre, avaient assisté à sa chute sans pouvoir l'empêcher.

"Je voulais juste te dire que les choses auraient pu être différentes," dit Marc doucement. "Mais je vois que tu n'es pas prêt à en parler. Peut-être que tu ne le seras jamais."

Antoine ne répondit pas, se contentant de regarder Marc vider son verre. Il voulait que cet échange se termine, que Marc disparaisse de sa vie pour de bon, comme il aurait dû le faire depuis des années.

Après un moment, Marc posa quelques billets sur le comptoir et se leva. "Prends soin de toi, Antoine," dit-il avant de se diriger vers la porte.

Antoine regarda Marc s'éloigner, un mélange de soulagement et de regret le traversant. La porte se referma derrière son ancien collègue, et le bar sembla redevenir silencieux, presque oppressant. Antoine se tenait là, le regard fixé sur le verre vide de Marc, les souvenirs douloureux affluant malgré lui.

Il aurait dû tourner la page, il aurait dû trouver un moyen de recommencer. Mais il en était incapable. Le poids de ses erreurs, de son échec, était trop lourd à porter, et à chaque instant, il se rappelait qu'il avait tout perdu.

Sans un mot, Antoine attrapa une bouteille de whisky et se versa un verre. Il ne servait jamais d'alcool quand il travaillait, mais ce soir, il avait besoin de quelque chose pour étouffer les voix dans sa tête, pour apaiser la douleur qui ne cessait de croître.

Le liquide ambré glissa dans sa gorge, brûlant et apaisant à la fois. Mais il savait que l'effet serait temporaire, que demain, les mêmes souvenirs reviendraient le hanter. Il se versa un autre verre, puis un autre, cherchant dans l'alcool un refuge qu'il ne parvenait pas à trouver ailleurs.

La nuit s'étira ainsi, Antoine buvant en silence, seul dans son bar, entouré par les ombres de son passé. Il savait qu'il ne pourrait pas les fuir indéfiniment, mais pour l'instant, il n'avait plus la force de les affronter. Alors, il laissa l'alcool faire son travail, plongeant peu à peu dans une torpeur qui, au moins pour quelques heures, l'éloignerait de ses souvenirs. Demain, il serait encore là, derrière son comptoir, à servir les autres, à écouter leurs histoires. Mais ce soir, c'était lui qui avait besoin d'oublier, ne serait-ce qu'un peu, la vie qu'il aurait pu avoir, celle qu'il avait irrémédiablement perdue.

3. Le Café des Illusions

Clara Beaulieu était debout depuis l'aube, les pieds déjà endoloris par les heures passées à servir des cafés et des viennoiseries aux clients matinaux. Le Café des Illusions, avec son décor bohème et ses fauteuils dépareillés, attirait une clientèle éclectique, un mélange de créatifs, d'étudiants, et d'hommes d'affaires en quête d'un moment de calme avant d'attaquer leur journée. Clara y travaillait depuis plusieurs mois, et chaque journée semblait se fondre dans la précédente, une routine familière mais étouffante.

Le cliquetis des tasses et des cuillères, les conversations murmurées, le sifflement régulier de la machine à expresso : tout faisait partie d'une symphonie que Clara connaissait par cœur. Et pourtant, ce matin-là, cette symphonie sonnait plus creux que jamais, comme si chaque son, chaque geste, renforçait le sentiment d'aliénation qu'elle ressentait.

Elle prit une commande de plus, ajoutant encore une autre tâche à sa liste interminable, avant de s'autoriser un moment de répit derrière le comptoir. Ses doigts glissèrent instinctivement vers son carnet, un petit cahier à la couverture usée qu'elle gardait toujours sur elle. C'était son échappatoire, son refuge dans ce monde où elle se sentait si souvent perdue. Elle y griffonnait des pensées, des fragments d'histoires, des vers qu'elle n'oserait jamais appeler poésie. C'était tout ce qui lui restait de ses ambitions d'écrivaine, ces mots jetés sur le papier dans des moments volés.

Clara ouvrit le carnet à une page vierge et se mit à écrire, laissant ses pensées couler librement, cherchant à échapper, ne serait-ce qu'un instant, à la réalité morne de sa journée. Mais les mots lui semblaient vides, incapables de capturer la frustration qui bouillait en elle, cette impression de ne pas être à sa place, de ne plus savoir où elle allait.

"Encore à écrire tes pensées, Clara ?"

Elle leva les yeux, surprise, pour découvrir Mathieu, un habitué du café, qui la regardait avec un sourire bienveillant. C'était un jeune homme dans la trentaine, toujours bien habillé, qui passait la plupart de ses matinées ici, son ordinateur portable ouvert devant lui, travaillant sur des projets dont Clara ne connaissait rien. Ils avaient échangé quelques mots au fil des semaines, des banalités sur le temps ou sur le café, mais Mathieu avait une façon de l'observer qui la mettait mal à l'aise, comme s'il voyait au-delà de son sourire professionnel.

"Oui, juste un peu de gribouillage pour m'évader," répondit-elle en refermant son carnet, son ton plus sec qu'elle ne l'avait voulu. Elle n'aimait pas qu'on la surprenne ainsi, dans ses moments de vulnérabilité.

"Tu as du talent, tu sais," dit-il en s'asseyant sur un tabouret, non loin du comptoir. "Tu devrais vraiment penser à faire quelque chose de ces mots. Ils ont quelque chose de spécial."

Clara haussa les épaules, habituée à ce genre de compliments sans conséquences. "C'est juste pour passer le temps. Rien de sérieux."

"Parfois, ce qu'on fait pour passer le temps devient ce qu'on fait de mieux," répondit-il avec un sourire énigmatique. "Mais je comprends, le quotidien nous rattrape souvent."

Elle acquiesça, sans vraiment savoir quoi répondre. Ce genre de conversation la mettait mal à l'aise, car il touchait trop près de la vérité qu'elle fuyait : l'idée que ses rêves d'écriture étaient en train de mourir à petit feu.

La clochette de la porte tinta, annonçant l'arrivée d'un nouveau client. Clara se retourna pour voir entrer un homme qu'elle n'avait jamais vu auparavant. Il portait un long manteau sombre malgré la chaleur extérieure, et ses yeux, d'un bleu perçant, balayaient la pièce avec une intensité qui la fit frissonner. Il semblait étrangement déplacé dans ce café chaleureux, comme s'il appartenait à un autre monde, plus froid, plus distant.

L'homme s'approcha du comptoir, et Clara, reprenant son rôle de serveuse, lui adressa un sourire poli. "Bonjour, qu'est-ce que je peux vous servir ?"

"Un café noir, bien serré," répondit-il d'une voix grave, presque gutturale. Il la fixa un instant, comme s'il cherchait à lire dans ses pensées, avant de poursuivre : "Vous travaillez ici depuis longtemps ?"

"Quelques mois," répondit-elle, en préparant la commande. "Et vous, c'est la première fois que je vous vois ici, non ?"

Il hocha la tête, acceptant la tasse qu'elle lui tendait. "Je suis de passage. Mais j'ai l'impression de connaître cet endroit. Comme un vieil ami qu'on n'a pas vu depuis longtemps."

Clara ne sut comment répondre à cette étrange remarque. L'homme semblait plongé dans ses pensées, et elle se sentit étrangement nerveuse en sa présence, comme si quelque chose en lui réveillait une inquiétude qu'elle n'arrivait pas à identifier.

Il s'installa à une table près de la fenêtre, son regard perdu dans la contemplation du monde extérieur. Clara l'observa un moment avant de retourner à son carnet, mais cette fois, les mots refusaient de venir. Il y avait quelque chose dans l'air, une tension latente qui la troublait.

Au bout d'un moment, l'homme se leva et s'approcha à nouveau du comptoir. "Dites-moi," commença-t-il, son ton délibérément détaché, "connaissiez-vous une femme du nom de Sophie ?"

Le nom frappa Clara comme un coup de tonnerre. Sophie. Un nom qu'elle n'avait pas entendu depuis longtemps, et qui pourtant, avait autrefois été si proche d'elle. Elle sentit son cœur accélérer, son esprit tentant de comprendre pourquoi cet inconnu parlait de Sophie, cette amie disparue de sa vie aussi soudainement qu'elle y était entrée.

"Sophie ?" répéta-t-elle, tentant de garder son calme. "Pourquoi me demandez-vous cela ?"

L'homme haussa légèrement les sourcils, comme si sa question était des plus naturelles. "Elle a disparu il y a quelques mois. Personne ne sait ce qu'elle est devenue. J'ai entendu dire que vous la connaissiez."

Clara sentit une vague de confusion l'envahir. Comment cet homme savait-il qu'elle connaissait Sophie ? Et pourquoi lui parlait-il de sa disparition maintenant, après tout ce temps ?

"Je... Je ne l'ai pas vue depuis longtemps," balbutia-t-elle, troublée. "Elle a disparu, vous dites ? Je ne savais pas."

L'homme la regarda un long moment, comme pour évaluer la véracité de ses paroles. "Si jamais vous entendez quoi que ce soit sur elle, je vous serais reconnaissant de m'en informer." Il posa une carte de visite sur le comptoir. "Je ne suis qu'un vieil ami qui cherche des réponses."

Clara prit la carte sans vraiment la regarder, son esprit encore engourdi par le choc. L'homme lui fit un léger signe de tête avant de quitter le café, disparaissant dans le flot des passants à l'extérieur.

Clara resta immobile, la carte toujours dans sa main tremblante. Le monde autour d'elle semblait soudain moins stable, comme si une fissure s'était ouverte sous ses pieds. Sophie, disparue ? Elle ne savait pas quoi penser, ni quoi ressentir. Était-ce une coïncidence que cet homme mystérieux soit venu lui parler d'elle aujourd'hui, ou y avait-il quelque chose de plus sombre derrière tout cela ?

Elle glissa la carte dans son carnet, la tête pleine de questions. La journée continua, les clients allaient et venaient, mais pour Clara, quelque chose avait irrémédiablement changé. Les illusions auxquelles elle s'accrochait avaient été balayées par l'ombre d'un passé qu'elle croyait révolu. Et dans un coin de son esprit, la figure de Sophie, cette amie disparue, commençait à occuper toute la place.

4. Les Fragments du Quotidien

Élise Marceau marchait d'un pas lent le long des rues pavées, ses pensées flottant dans un mélange de nostalgie et de mélancolie. C'était un après-midi de fin d'été, et la ville baignait dans une lumière dorée qui semblait adoucir les contours du quotidien. Elle s'était laissée entraîner par un élan spontané, une rare impulsion dans une vie devenue trop prévisible. C'était la première fois depuis longtemps qu'elle s'accordait une pause pour visiter une galerie d'art, une habitude qu'elle avait abandonnée en même temps que la peinture.

La galerie était nichée dans un coin tranquille du quartier, son extérieur modeste masquant la richesse des œuvres qu'elle abritait. Élise poussa la porte vitrée, un léger tintement signalant son entrée. L'intérieur était frais, silencieux, presque sacré, un contraste frappant avec l'agitation du monde extérieur.

Elle parcourut lentement les salles, s'arrêtant devant chaque tableau, absorbée par les couleurs, les formes, les émotions capturées sur la toile. Certaines œuvres laissaient une impression éphémère, d'autres résonnaient plus profondément, mais c'était toujours avec une distance, comme si un voile invisible la séparait de ces créations, un rappel constant de ce qu'elle avait perdu.

Puis, en tournant dans une nouvelle salle, Élise s'arrêta brusquement. Devant elle, un tableau se dressait, accroché au mur blanc immaculé, mais ce n'était pas un simple tableau pour elle. C'était comme si elle s'était retrouvée face à un miroir, un reflet de son propre style, de ses propres pensées. Les coups de pinceau, les couleurs, les nuances – tout évoquait une familiarité troublante, presque douloureuse.

Le tableau représentait une silhouette féminine, indistincte, presque éthérée, se fondant dans un paysage surréaliste, une fusion de ciel et de terre où les frontières entre le réel et l'imaginaire s'estompaient. Les teintes, un mélange de bleus profonds et de gris tourmentés, rappelaient les toiles qu'Élise avait créées à l'époque où elle peignait encore avec passion. Elle ressentit un pincement au cœur, un rappel des jours où la peinture était tout pour elle, avant que le doute et la peur n'éclipsent son amour pour l'art.

Absorbée par le tableau, elle ne remarqua pas immédiatement l'homme qui s'approchait d'elle. Il était de petite taille, d'un âge indéfinissable, avec des lunettes fines et des cheveux grisonnants savamment coiffés. Il portait un costume sombre, légèrement trop grand pour lui, et un sourire bienveillant sur le visage.

"Vous semblez particulièrement absorbée par cette œuvre," dit-il doucement, d'une voix posée. "C'est une pièce intéressante, n'est-ce pas ?"

Élise sursauta légèrement, tirée de sa contemplation. Elle tourna la tête pour rencontrer son regard, essayant de masquer le trouble qui l'avait saisie. "Oui," répondit-elle après une courte pause. "Elle... elle me rappelle quelque chose. Un style que je connaissais bien."

L'homme hocha la tête, son sourire s'élargissant légèrement. "Je m'appelle Paul Armand, je suis le galeriste ici. C'est toujours un plaisir de rencontrer quelqu'un qui reconnaît la profondeur d'une œuvre."

"Élise," répondit-elle, se présentant par réflexe, avant de baisser à nouveau les yeux vers le tableau. "Qui en est l'artiste ?"

"Un jeune talent, très prometteur," répondit Paul, avec une pointe de fierté. "Son style est encore en évolution, mais il a quelque chose d'unique, quelque chose qui touche profondément ceux qui prennent le temps de le voir."

Élise acquiesça lentement, les mots du galeriste résonnant en elle. "Il y a quelque chose de familier dans son travail," murmura-t-elle, presque pour elle-même.

Paul la regarda attentivement, comme s'il essayait de lire au-delà de ses paroles. "Vous avez l'œil d'une connaisseuse," dit-il doucement. "Étiez-vous dans le milieu de l'art, par hasard ?"

Élise hésita, sentant une vague de souvenirs remonter à la surface. "J'ai... peint, autrefois. Mais c'était il y a longtemps."

Le galeriste ne sembla pas surpris. "Je vois. C'est souvent le cas. Beaucoup de talents se perdent en cours de route, écrasés par les exigences de la vie quotidienne ou les doutes personnels. Mais parfois, il suffit d'une étincelle pour rallumer cette passion."

Il fit une pause, comme pour jauger la réaction d'Élise, puis poursuivit avec un ton plus sérieux. "Vous savez, je rencontre souvent des artistes qui ont cessé de créer. Parfois, il faut juste un petit coup de pouce, un encouragement pour qu'ils reprennent le pinceau. Et si je ne me trompe pas, vous avez encore beaucoup à offrir."

Élise sentit une tension monter en elle, un mélange de peur et d'espoir. Elle détourna le regard, se concentrant à nouveau sur le tableau, mais les mots du galeriste continuaient de résonner dans son esprit. Reprendre le pinceau... L'idée l'avait effleurée à de nombreuses reprises, mais chaque fois, elle l'avait repoussée, terrifiée à l'idée de replonger dans un monde qui l'avait autrefois consumée.

"Je ne sais pas," finit-elle par dire, la voix plus faible qu'elle ne l'aurait voulu. "C'est compliqué."

Paul Armand ne semblait pas pressé. Il hocha la tête avec compréhension. "Je ne veux pas vous pousser, Élise. Mais je peux vous offrir un espace, ici, pour exposer, pour créer à nouveau. Sans pression, sans attentes, juste pour le plaisir de peindre. Qu'en dites-vous ?"

L'offre, bien que généreuse, la fit se recroqueviller un peu plus sur elle-même. Elle sentait que ce n'était pas aussi simple. Les souvenirs de ses échecs, de ses toiles abandonnées, revenaient en force, lui rappelant pourquoi elle avait tout laissé derrière elle.

"Je vous remercie," dit-elle après un long silence, "mais je ne pense pas être prête. Peut-être que ce temps est révolu pour moi."

Le galeriste la regarda avec une douce insistance, mais il ne tenta pas de la convaincre davantage. "Parfois, il faut juste attendre le bon moment. Je serai ici, si jamais vous changez d'avis."

Élise lui offrit un sourire forcé, avant de faire un pas en arrière. "Je vous remercie, vraiment. Mais je crois que je vais y réfléchir un peu plus."

Paul inclina la tête respectueusement. "Prenez tout le temps qu'il vous faudra. L'art ne disparaît jamais, il attend simplement que nous soyons prêts à le retrouver."

Avec ces mots, il s'éloigna, laissant Élise seule devant le tableau. Elle le regarda encore un moment, sentant une lutte intérieure faire rage en elle. Elle savait que ce n'était pas seulement le tableau, ni même la proposition du galeriste, mais tout ce qu'ils représentaient – une porte entrouverte vers un passé qu'elle avait tenté de fermer définitivement.

Elle quitta la galerie peu de temps après, l'esprit en ébullition. Tandis qu'elle s'éloignait dans les rues animées, une partie d'elle se demandait si elle avait fait le bon choix, si elle n'avait pas, une fois de plus, laissé la peur dicter sa vie. Les fragments de son quotidien semblaient soudain plus lourds, plus fragmentés, comme s'ils ne pouvaient plus se recoller sans que quelque chose ne change en elle.

Mais pour l'instant, elle n'était pas prête à faire ce saut. Et peut-être qu'elle ne le serait jamais.

5. Les Confessions d'un Barman

La nuit était déjà bien avancée, et le bar avait pris l'allure familière d'un refuge pour âmes perdues. La lumière tamisée et la musique douce créaient une atmosphère intime, propice aux confidences et aux réflexions solitaires. Antoine Lavallée, derrière son comptoir, essuyait distraitement un verre, observant les quelques clients restants avec la distance professionnelle qui était devenue sa seconde nature.

La plupart des habitués étaient déjà partis, mais Jacques, un client régulier, était toujours là, affalé sur son tabouret habituel. Jacques était un homme d'une cinquantaine d'années, au visage marqué par la vie, avec des cheveux gris épars et des yeux fatigués. Il venait presque tous les soirs, commandant toujours les mêmes boissons et s'asseyant au même endroit, comme si ce rituel pouvait l'aider à faire face à ses propres démons.

Antoine avait appris à connaître Jacques au fil du temps, ou du moins à connaître ce qu'il voulait bien partager. L'homme parlait rarement, se contentant d'observer silencieusement les autres clients ou de fixer son verre. Mais ce soir-là, quelque chose semblait différent. Peut-être était-ce la solitude qui pesait plus lourd que d'habitude, ou peut-être que Jacques avait simplement besoin de parler.

"Antoine," murmura Jacques, brisant soudain le silence. Sa voix était rauque, comme si elle avait été peu utilisée ces derniers temps. "Tu sais ce que c'est, de tout perdre ?"

Antoine leva les yeux, surpris par la question. Il posa le verre qu'il était en train d'essuyer et se rapprocha de Jacques, devinant que l'homme était sur le point de se confier, comme cela arrivait parfois après plusieurs verres.

"Je pense que je comprends, oui," répondit Antoine, d'un ton neutre. Il avait appris à ne pas trop en dire, à écouter plus qu'il ne parlait. C'était l'une des règles tacites du métier de barman, surtout dans un endroit comme celui-ci, où les gens venaient souvent pour échapper à leur réalité.

Jacques hocha lentement la tête, comme s'il s'attendait à cette réponse. "C'est comme si tout ce que tu avais construit, tout ce que tu croyais être solide, pouvait s'effondrer en un instant. Un mauvais choix, une mauvaise décision, et tout part en fumée."

Il fixa son verre, jouant distraitement avec la boisson à l'intérieur. "J'avais une famille, tu sais. Une femme, deux enfants. Une belle maison, un bon boulot. Tout le monde pensait que j'avais réussi, que j'étais un homme heureux. Mais j'ai tout foutu en l'air."

Antoine sentit un frisson le parcourir. Les mots de Jacques résonnaient douloureusement en lui, réveillant des souvenirs qu'il avait tenté d'enterrer. Il ne dit rien, se contentant de hocher la tête pour inciter Jacques à continuer.

"J'ai trompé ma femme," avoua Jacques, les yeux rivés sur son verre comme s'il y cherchait des réponses. "Je ne sais même pas pourquoi. C'était stupide, insensé. Un moment de faiblesse, de vanité peut-être. Je pensais que je pouvais m'en sortir, que ça n'aurait pas de conséquences. Mais elle a découvert la vérité. Et tu sais ce qui est le pire, Antoine ? Ce n'était même pas la première fois."

Antoine restait silencieux, sentant que Jacques avait besoin de sortir tout cela, de vider son cœur pour alléger le poids qui l'écrasait. Le barman connaissait bien ce besoin, cette nécessité de partager sa douleur pour essayer de la comprendre.

"Elle m'a quitté," continua Jacques, sa voix se brisant légèrement. "Elle a pris les enfants, elle est partie. Et je ne peux pas la blâmer. Comment le pourrais-je ? Je l'ai détruite. Je les ai tous détruits."

Il se tut un instant, buvant une longue gorgée de son verre comme pour se donner du courage. "Depuis, tout a changé. Le boulot, la maison, tout ce que je pensais être important... ça n'a plus de sens. Je ne suis plus qu'une ombre, Antoine. Une ombre de ce que j'étais."

Antoine sentit un poids familier s'installer dans sa poitrine. Il connaissait trop bien ce sentiment de déchéance, de perte totale de contrôle. Il regarda Jacques, et pour la première fois, il vit en lui un reflet de sa propre vie, de ses propres échecs.

"Je pensais que je pourrais recommencer," murmura Jacques, plus pour lui-même que pour Antoine. "Mais c'est comme si tout ce que je touchais devenait poussière. Tu sais ce que c'est, Antoine, n'est-ce pas ?"

Antoine inspira profondément, sentant les murs qu'il avait construits autour de lui vaciller. "Oui, Jacques, je sais ce que c'est," répondit-il doucement. "Je sais exactement ce que c'est."

Ces mots, simples mais lourds de sens, créèrent un lien tacite entre les deux hommes, une reconnaissance mutuelle de leurs faiblesses, de leurs erreurs. Antoine se surprit à vouloir en dire plus, à vouloir partager son propre fardeau, mais il se retint. Ce n'était pas encore le moment. Pas ici, pas maintenant.

Jacques hocha lentement la tête, comme si la réponse d'Antoine confirmait quelque chose qu'il savait déjà. "On pense toujours qu'on peut se rattraper, qu'on peut réparer les dégâts. Mais parfois, c'est trop tard. Et tout ce qui reste, c'est de vivre avec les conséquences."

Antoine acquiesça, sentant l'amertume de ces paroles se mêler à la sienne. Il pensa à sa propre vie, à tout ce qu'il avait perdu, à ce qu'il avait été autrefois. Le brillant avocat, promis à un avenir radieux, désormais réduit à un barman dans un petit établissement, essayant de fuir les fantômes de son passé.

Mais pouvait-il vraiment fuir ? Pouvait-il continuer à vivre dans cette routine, dans cette tentative désespérée de se cacher de lui-même ? Jacques, avec sa confession, venait de réveiller des questions qu'Antoine avait cherché à éviter. Des questions sur ce qu'il devait faire maintenant, sur ce qu'il voulait vraiment.

"Jacques," dit-il après un moment de silence, "peut-être que c'est jamais vraiment trop tard. Peut-être qu'on peut toujours essayer de faire mieux, de réparer ce qui peut l'être."

Jacques sourit tristement. "Tu penses vraiment qu'on peut se racheter, Antoine ? Après tout ce qu'on a fait ?"

Antoine ne savait pas quoi répondre. La vérité était qu'il n'en était pas certain. Mais une petite part de lui, aussi insignifiante soit-elle, voulait croire que c'était possible, que tout n'était pas encore perdu.

"Je ne sais pas," répondit-il finalement. "Mais je pense qu'on doit essayer. Même si c'est difficile."

Jacques resta silencieux, réfléchissant à ces paroles. Après un long moment, il termina son verre d'un trait et se leva. "Merci, Antoine. Pour m'avoir écouté."

Antoine hocha la tête. "C'est ce que je suis là pour faire."

Jacques lui serra la main avant de quitter le bar, laissant Antoine seul avec ses pensées. La conversation résonnait encore en lui, comme un écho douloureux. Il réalisa que, tout comme Jacques, il vivait dans l'ombre de ses propres échecs, piégé dans une spirale de regrets et de résignation.

Mais peut-être que, tout comme il l'avait dit à Jacques, il n'était pas trop tard pour essayer de changer les choses. Peut-être qu'il pouvait encore trouver un moyen de se racheter, de reconstruire ce qu'il avait perdu.

Antoine prit une profonde inspiration, se promettant de réfléchir à tout cela. Mais pour l'instant, il retourna à son rôle de barman, sachant qu'il y aurait d'autres confessions, d'autres âmes perdues à écouter.

Et peut-être, un jour, il aurait aussi le courage de faire la sienne.

6. : Des Mots Inachevés

Le petit appartement de Clara Beaulieu était plongé dans le silence, à peine troublé par le bruit lointain de la circulation. Elle était assise par terre, entourée de cartons et de vieilles boîtes qu'elle n'avait jamais pris le temps de trier. Une pile de papiers jaunis reposait à ses côtés, vestiges d'une époque où elle croyait encore en ses rêves d'écriture.

Cela faisait plusieurs jours qu'elle repensait à la conversation avec cet homme mystérieux au café, à cette mention inattendue de Sophie, et à tout ce que ce nom réveillait en elle. L'idée que Sophie ait pu disparaître, qu'elle soit peut-être en danger, la hantait. Clara avait ressenti un besoin irrésistible de revisiter son passé, de chercher dans ses souvenirs et ses affaires des réponses qu'elle n'était même pas sûre de vouloir trouver.

C'est ainsi qu'elle était tombée sur ce vieux manuscrit, enfoui au fond d'une boîte poussiéreuse. Il était là, intact, comme un fantôme venu la hanter. Elle l'avait écrit pendant ses études, pleine d'espoir et d'ambition, croyant dur comme fer qu'elle avait quelque chose d'important à dire, quelque chose qui méritait d'être lu. Mais comme tant de choses dans sa vie, ce projet était resté inachevé, abandonné dès que les premières difficultés étaient apparues.

Clara passa doucement ses doigts sur la couverture du manuscrit, ressentant une vague de nostalgie mêlée de regret. Elle hésita un instant avant de l'ouvrir, ses yeux parcourant les premières pages. Le texte, bien que brouillon, lui rappela la passion avec laquelle elle avait autrefois abordé l'écriture. C'était l'histoire d'une jeune femme qui, à l'instar de Clara, cherchait à se faire une place dans un monde qui semblait toujours lui échapper. Un récit d'aspirations, de désillusions, et de résilience.

Elle se souvenait des nuits blanches passées à écrire, le cœur battant d'excitation à chaque idée nouvelle. À cette époque, elle était convaincue que son écriture pourrait changer sa vie, peut-être même celle des autres. Mais la réalité s'était rapidement imposée : les refus des maisons d'édition, les critiques sévères, le doute qui s'insinuait de plus en plus profondément en elle. Peu à peu, l'écriture, qui avait été une source de joie et de sens, était devenue une tâche ardue, une montagne impossible à gravir.

Et maintenant, des années plus tard, elle se retrouvait face à ces mots inachevés, se demandant si elle avait encore le courage de les reprendre, ou si elle devait les laisser là où ils étaient, comme un témoignage d'un rêve abandonné.

Clara ferma les yeux, essayant de chasser les sentiments contradictoires qui l'assaillaient. Une partie d'elle voulait croire qu'elle pouvait encore écrire, que ce manuscrit méritait d'être terminé. Mais une autre partie, plus cynique, lui murmurait que tout cela était vain, qu'elle n'était pas faite pour être écrivain, que la vie avait déjà décidé pour elle.

Elle se leva brusquement, rejetant le manuscrit sur le sol. Marchant d'un pas nerveux à travers son petit salon, elle se sentit submergée par la confusion. Pourquoi avait-elle même osé espérer qu'elle pourrait un jour devenir quelqu'un ? Pourquoi avait-elle cru que ses mots avaient de la valeur ? Elle se sentait ridicule, comme si elle avait passé toute sa vie à poursuivre une illusion.

Mais alors que la frustration grandissait en elle, une autre pensée se fraya un chemin à travers le brouillard de ses doutes. Et si ce manuscrit, ces mots inachevés, étaient justement ce dont elle avait besoin pour retrouver son chemin ? Peut-être que, malgré tout, il y avait encore une chance de faire quelque chose de significatif avec son écriture, même si ce n'était que pour elle-même.

Clara s'arrêta devant la fenêtre, regardant la ville qui s'étendait en contrebas. Elle se souvenait de ce que l'homme au café avait dit à propos de Sophie. Peut-être que cette disparition, aussi troublante soit-elle, était un signe, un rappel que la vie est trop courte pour abandonner ce qui compte vraiment. Peut-être que Sophie, d'une manière ou d'une autre, essayait de lui dire de ne pas renoncer, de continuer à chercher sa voie.

L'idée germa en elle, fragile mais persistante. Peut-être devait-elle reprendre ce manuscrit, y insuffler une nouvelle vie. Pas pour devenir célèbre, pas pour prouver quoi que ce soit à qui que ce soit, mais simplement pour elle, pour retrouver ce sentiment d'accomplissement qu'elle avait autrefois connu. Peut-être que ce serait un moyen de retrouver Sophie, d'une certaine manière, en renouant avec la personne qu'elle avait été avant que tout ne devienne si compliqué.

Clara retourna au manuscrit, le ramassant avec plus de douceur cette fois. Elle le regarda longuement, puis décida qu'elle lui devait au moins cela : une seconde chance. Elle s'assit à son bureau, alluma la lampe, et ouvrit le document à la page où elle s'était arrêtée tant d'années auparavant.

Prenant une profonde inspiration, elle saisit un stylo, sentant l'angoisse se mêler à une étrange excitation. Les premiers mots sortirent difficilement, tremblants, mais ils étaient là, sur le papier, signe que tout n'était pas perdu. Elle se surprit à écrire, à retrouver ce rythme qu'elle avait cru avoir oublié.

Les heures passèrent, et quand elle releva enfin la tête, le ciel s'était assombri. Clara se sentait épuisée, mais pour la première fois depuis longtemps, elle ressentait aussi une certaine paix, une satisfaction qui venait de l'intérieur.

Elle n'avait aucune idée de ce que l'avenir lui réservait, ni si elle serait capable de terminer ce manuscrit. Mais pour la première fois depuis longtemps, elle se sentait prête à essayer. Parce que, même si les mots étaient encore inachevés, elle avait compris qu'ils étaient une partie essentielle d'elle-même. Et abandonner ces mots, c'était s'abandonner elle-même, ce qu'elle ne pouvait plus se permettre de faire.

Clara se leva, éteignit la lampe, et regarda une dernière fois le manuscrit avant d'aller se coucher. Les doutes étaient toujours là, bien sûr, mais ils ne lui semblaient plus aussi insurmontables qu'avant. Peut-être qu'écrire, même sans savoir où cela la mènerait, était exactement ce dont elle avait besoin pour commencer à recoller les morceaux de sa vie.

7. La Rencontre

Le crépuscule jetait une lumière dorée sur les rues animées de la ville alors que trois enveloppes identiques faisaient leur chemin vers trois destinataires différents. Ces enveloppes blanches, ornées d'un motif délicat en relief, portaient chacune une invitation énigmatique. Élise, Antoine, et Clara, tous trois plongés dans le tumulte de leur quotidien, reçurent cette mystérieuse missive avec une surprise teintée de curiosité.

À l'intérieur, la carte portait un message simple mais intrigant :

"Vous êtes cordialement invité(e) à un vernissage privé à la Galerie du Pont, ce vendredi à 19h. Une soirée pour découvrir, se souvenir, et peut-être, se retrouver."

Aucune autre information. Pas de nom d'artiste, pas de thème. Juste cette invitation, jetée comme une bouteille à la mer.

Élise tenait l'invitation entre ses doigts, assise sur son canapé, le regard perdu dans le vide. Le souvenir de sa visite récente à une galerie d'art, où une peinture avait ravivé en elle des émotions enfouies, lui revenait en mémoire. Cette invitation, venue de nulle part, semblait être un signe, un appel auquel elle ne pouvait résister. Peut-être y trouverait-elle des réponses à ses questions sur sa propre vie, sur ses choix et sur la voie qu'elle n'avait pas empruntée. L'idée de retourner dans le monde de l'art, même en tant que simple spectatrice, la remplissait à la fois d'appréhension et d'espoir. Elle décida finalement d'y aller, curieuse de ce que cette soirée pourrait révéler.

Antoine se tenait derrière le comptoir de son bar, l'invitation posée devant lui. Il avait lu et relu les mots, cherchant à comprendre pourquoi il avait été invité. Cela faisait des années qu'il avait quitté ce monde, celui des galeries, des vernissages, des conversations intellos sur l'art. Mais cette invitation, aussi inattendue qu'elle fût, éveillait en lui une nostalgie qu'il ne pouvait ignorer. Peut-être était-ce une chance de revisiter ce passé, de comprendre ce qu'il avait perdu. Après tout, que risquait-il ? Avec une dernière gorgée de whisky, il décida qu'il irait, ne serait-ce que pour voir ce que cette soirée lui réservait.

Clara tenait l'enveloppe entre ses mains, la regardant avec méfiance. Le nom "Galerie du Pont" ne lui disait rien, mais la curiosité l'emporta. Après avoir récemment redécouvert son ancien manuscrit et replongé dans ses souvenirs, elle se sentait étrangement attirée par cette invitation. Était-ce une coïncidence ? Un coup du destin ? Elle n'était pas sûre, mais quelque chose en elle lui disait qu'elle devait y aller. Peut-être y trouverait-elle un nouvel élan, une nouvelle inspiration pour reprendre l'écriture, ou même des réponses à des questions qu'elle n'avait pas encore formulées.

Le soir du vernissage, la Galerie du Pont se dressait fièrement dans une rue pavée, ses grandes baies vitrées dévoilant des éclats de lumière et des ombres mouvantes. À l'intérieur, des invités se mêlaient aux œuvres exposées, créant une atmosphère feutrée et élégante, rythmée par le murmure des conversations et le cliquetis des verres de champagne.

Élise arriva la première, légèrement en avance. Elle pénétra dans la galerie avec une certaine appréhension, se sentant à la fois étrangère et familière dans cet environnement. Elle se glissa discrètement parmi les invités, observant les œuvres exposées avec un mélange de nostalgie et de critique. Chaque tableau, chaque sculpture semblait raconter une histoire, et elle se demanda si, un jour, ses propres créations auraient pu figurer dans un tel endroit.

Quelques minutes plus tard, Antoine entra à son tour. Son regard balaya la pièce, cherchant un visage familier, une explication à sa présence ici. Mais il ne reconnut personne. Pourtant, il ressentait une étrange familiarité dans l'air, comme si ce lieu, ces personnes, faisaient partie d'un passé qu'il avait laissé derrière lui. Il se dirigea vers le bar installé dans un coin de la galerie, se servant un verre pour apaiser ses nerfs.

Enfin, Clara franchit la porte, hésitante. Elle n'était pas habituée à ce genre de milieu, et la nervosité se lisait sur son visage. Mais elle fut rapidement captivée par l'atmosphère, par la beauté des œuvres exposées. Elle erra d'une salle à l'autre, cherchant sans vraiment savoir quoi trouver.

Au cours de la soirée, les trois invités se croisèrent à plusieurs reprises, se frôlant parfois, sans jamais vraiment se reconnaître. Élise s'arrêta un instant près d'un tableau qui semblait la captiver, juste à côté de Clara, qui fixait également la toile, perdue dans ses pensées. Antoine, en passant près d'elles, les regarda distraitement, sans vraiment s'arrêter.

Leurs vies, bien que entremêlées par le passé, restaient pour l'instant des fils parallèles, ignorant leur connexion.

Alors que la soirée avançait, une certaine tension commença à s'installer. Il y avait quelque chose d'étrange, d'inexpliqué dans l'air, comme si une présence invisible observait ces trois âmes errantes, attendant le moment propice pour les réunir.

Et bien que chacun soit reparti ce soir-là sans avoir trouvé ce qu'il cherchait, une graine avait été plantée. Une graine qui, bientôt, allait germer, réveillant des souvenirs, des secrets, et des vérités que ni Élise, ni Antoine, ni Clara n'étaient encore prêts à affronter.

Mais pour l'instant, ils quittèrent la galerie, le cœur légèrement troublé, sans savoir que leurs chemins venaient de se frôler une fois de plus, en route vers un destin commun.

8. Le Souvenir de Sophie

Le lendemain du vernissage, Élise Marceau se réveilla avec un sentiment de malaise persistant. La soirée de la veille avait éveillé en elle des émotions qu'elle croyait enfouies pour de bon. Tandis qu'elle préparait son café matinal, son esprit retourna involontairement vers des souvenirs qu'elle avait tenté de laisser derrière elle. Parmi eux, un visage revenait avec insistance : celui de Sophie.

Sophie et Élise s'étaient rencontrées il y a plusieurs années, au tout début de la carrière d'Élise en tant qu'artiste. À l'époque, Sophie était une jeune galeriste pleine de vie, passionnée par l'art et déterminée à découvrir de nouveaux talents. Elle avait immédiatement été attirée par les œuvres d'Élise, voyant en elle un potentiel qui ne demandait qu'à éclore. Sophie avait offert à Élise sa première exposition, un événement modeste mais important, qui avait marqué le début d'une collaboration fructueuse et d'une amitié sincère.

Elles avaient passé des heures à discuter de l'art, à imaginer des projets communs, à explorer des idées nouvelles. Sophie était plus qu'une simple collaboratrice ; elle était une confidente, une source d'inspiration pour Élise. Ensemble, elles avaient rêvé de révolutionner le monde de l'art, de créer quelque chose de véritablement unique.

Mais au fil du temps, les choses avaient changé. Les premiers succès d'Élise avaient laissé place à des déceptions, des critiques sévères, et une perte de confiance en elle-même.

Sophie, toujours aussi énergique et déterminée, continuait de pousser Élise à se surpasser, à ne pas abandonner. Mais ce qui avait commencé comme un soutien bienveillant était peu à peu devenu une pression insoutenable pour Élise.

Elle se souvenait particulièrement de leur dernière rencontre, il y a environ deux ans. C'était dans un petit café, non loin de la galerie où elles avaient souvent collaboré. Élise était arrivée en retard, épuisée par une nouvelle série de toiles qui ne donnaient pas les résultats escomptés. Sophie l'attendait déjà, son regard habituellement pétillant empreint d'une impatience mal dissimulée.

"Elles ne sont pas prêtes," avait déclaré Élise en s'asseyant, évitant le regard de Sophie.

Sophie avait soupiré, son ton mêlant déception et frustration. "Élise, tu ne peux pas continuer à te cacher derrière cette excuse. Les œuvres sont prêtes quand tu les décides. Tu es une artiste, tu sais quand c'est le moment de les dévoiler."

"Je ne suis pas sûre que ce soit une question de temps," avait rétorqué Élise, sentant la colère monter en elle. "Peut-être que je ne suis pas faite pour ça, Sophie. Peut-être que je me trompe depuis le début."

Sophie avait secoué la tête avec une détermination féroce. "Ne dis pas ça. Tu as un talent immense, Élise. Tu ne peux pas tout abandonner maintenant, pas après tout ce que nous avons construit."

"Ce que tu as construit," avait murmuré Élise, presque pour elle-même, mais Sophie l'avait entendu.

Leur conversation s'était envenimée, Sophie essayant de rallumer la flamme créative d'Élise, tandis qu'Élise se refermait de plus en plus, se sentant incomprise et acculée. La discussion s'était terminée sur une note amère, Sophie quittant le café avec un dernier regard plein de reproches, tandis qu'Élise restait seule, désespérée et confuse.

Après cette rencontre, elles ne s'étaient plus revues. Sophie avait continué à gérer sa galerie, tandis qu'Élise s'enfonçait dans sa routine quotidienne, abandonnant peu à peu ses aspirations artistiques. Il y avait eu quelques messages échangés, des tentatives de reprendre contact, mais rien de concret. Puis, un jour, Sophie avait disparu des radars. Aucune nouvelle, aucun mot. Elle s'était volatilisée, comme si elle n'avait jamais existé.

Le souvenir de cette dernière rencontre pesait lourdement sur le cœur d'Élise. Elle n'avait jamais eu l'occasion de s'expliquer, de lui dire à quel point elle regrettait leurs derniers mots. Sophie avait toujours été une force de la nature, une personne impossible à ignorer. Sa disparition soudaine semblait presque contre nature.

Tandis qu'Élise sirotait son café, le visage de Sophie revenait sans cesse dans son esprit. Pourquoi avait-elle disparu si soudainement ? Était-ce simplement une coïncidence qu'elle se soit éloignée de tout et de tous, ou y avait-il quelque chose de plus sombre derrière cette absence ?

Élise ne pouvait s'empêcher de se demander si elle avait sa part de responsabilité dans cette disparition. Peut-être que Sophie avait simplement eu besoin de s'éloigner, de tout et de tout le monde, y compris d'elle. Mais une part d'Élise sentait qu'il y avait autre chose, quelque chose qu'elle ne parvenait pas à saisir.

Elle se surprit à fouiller dans ses souvenirs, cherchant des indices, des signes qu'elle aurait pu manquer. Sophie avait toujours été discrète sur sa vie personnelle, mais elle avait parfois laissé échapper des fragments de conversations, des bribes de confidences qui, rétrospectivement, semblaient plus lourdes de sens qu'elles ne l'étaient alors.

Élise se leva de table, résolue à en savoir plus. Elle devait comprendre ce qui s'était passé, pourquoi Sophie s'était éloignée si brusquement. Peut-être que la réponse se trouvait dans les souvenirs qu'elles avaient partagés, ou peut-être dans les personnes qu'elles avaient connues ensemble.

La curiosité et l'inquiétude se mêlaient en elle, formant un nœud de sentiments qu'elle ne pouvait plus ignorer. Sophie avait été plus qu'une amie ; elle avait été une partie essentielle de sa vie, de son parcours. Et même si leur dernière rencontre avait été tendue, Élise ne pouvait se résoudre à laisser ce mystère sans réponse.

Elle savait que la route vers la vérité serait difficile, pleine d'obstacles et de douleurs, mais elle sentait aussi qu'elle n'avait plus le choix. Elle devait savoir ce qu'il était advenu de Sophie, pour elle-même, pour leur amitié, et peut-être, pour enfin trouver la paix qu'elle cherchait depuis si longtemps.

Avec cette nouvelle détermination, Élise se prépara à plonger dans les méandres de son passé, prête à affronter les fantômes qu'elle avait laissés derrière elle.

9. Les Rumeurs d'une Disparition

Le soleil se couchait lentement, teintant le ciel de nuances oranges et pourpres, tandis qu'Antoine Lavallée terminait une autre journée de travail au bar. Le flot constant des clients se faisait plus rare à mesure que la nuit avançait, et Antoine s'apprêtait à passer une soirée tranquille, seul avec ses pensées. Mais ce soir-là, quelque chose d'inattendu allait briser la monotonie de sa routine.

Alors qu'il essuyait les derniers verres, la clochette de la porte d'entrée tinta doucement. Antoine leva les yeux pour voir entrer un homme qu'il n'avait pas revu depuis des années : Philippe Renard, un ancien collègue de sa vie passée, avant que tout ne s'effondre. Philippe était un avocat à la réputation solide, connu pour son charisme et sa capacité à résoudre les affaires les plus complexes. Voir cet homme entrer dans son bar raviva en Antoine une vague de souvenirs qu'il avait tenté de noyer depuis longtemps.

"Antoine ! Quel plaisir de te revoir," lança Philippe avec un sourire franc en s'approchant du comptoir.

Antoine, surpris, dissimula rapidement son trouble derrière un sourire professionnel. "Philippe, ça fait un bail. Qu'est-ce qui t'amène ici ?"

Philippe s'assit sur un tabouret, observant Antoine avec une curiosité à peine voilée. "J'étais dans le coin pour une affaire, et je me suis souvenu que tu avais ouvert ce bar. Je me suis dit que ça valait le coup de passer voir un vieil ami."

Antoine hocha la tête, se demandant quel genre de conversation allait suivre. Il avait quitté le monde juridique de manière si abrupte, et revoir quelqu'un de cette époque réveillait des sentiments qu'il aurait préféré laisser enfouis.

"Alors, qu'est-ce que je te sers ?" demanda Antoine, essayant de garder le ton léger.

"Un whisky, comme au bon vieux temps," répondit Philippe, son sourire s'élargissant.

Antoine servit le verre, puis s'adossa au comptoir, prêt à échanger quelques banalités avant que Philippe ne reparte, mais il sentit que ce dernier avait quelque chose de plus sérieux en tête.

"Tu sais, Antoine," commença Philippe après une gorgée de whisky, "je repensais à nos années ensemble au cabinet. C'était une époque difficile pour toi, mais je me demande si tu as entendu parler de Sophie."

Le nom fit l'effet d'un coup de poing dans l'estomac d'Antoine. Sophie. Il n'avait pas pensé à elle depuis des années, ou du moins, il avait essayé de ne pas y penser. Sophie était une figure du passé, une personne liée à une partie de sa vie qu'il tentait d'oublier.

"Sophie ?" répéta Antoine, feignant l'ignorance pour gagner du temps. "Sophie qui ?"

"Sophie Marchand," précisa Philippe, l'air grave. "Tu te souviens d'elle, non ? Elle travaillait avec nous sur quelques affaires, avant que... eh bien, avant que les choses ne changent pour toi."

Antoine sentit son cœur s'accélérer. Sophie Marchand. Comment aurait-il pu l'oublier ? Elle avait été une collègue, mais aussi bien plus que cela, une amie proche, quelqu'un avec qui il partageait une complicité rare dans ce milieu compétitif. Leur relation avait été complexe, jamais véritablement définie, mais profondément marquante.

"Oui, je me souviens d'elle," répondit Antoine, tentant de maintenir une voix calme. "Pourquoi tu me parles d'elle ?"

Philippe posa son verre et fixa Antoine, cherchant ses mots. "Elle a disparu, Antoine. Personne ne sait où elle est. Ça fait des mois qu'elle n'a donné aucune nouvelle. Sa galerie est fermée, son appartement vide... C'est comme si elle s'était volatilisée."

Antoine resta figé, les mots de Philippe résonnant en lui comme un écho lointain. Sophie, disparue ? Il ne pouvait pas y croire. Sophie, avec son énergie débordante, sa passion pour l'art, et sa force intérieure... Comment une femme comme elle pouvait-elle simplement disparaître ?

"Tu es sûr ?" demanda Antoine, sa voix légèrement tremblante malgré lui. "Ça pourrait être autre chose, non ? Elle aurait pu partir en voyage, ou..."

Philippe secoua la tête. "Non, c'est plus sérieux que ça. J'ai parlé à quelques personnes qui la connaissaient bien, et elles sont toutes inquiètes. Sophie n'aurait jamais laissé ses affaires en plan comme ça. Elle tenait trop à sa galerie pour tout abandonner du jour au lendemain."

Antoine sentait son esprit s'emballer, les souvenirs de Sophie se mélangeant à la réalité présente. Elle avait été là pour lui lors de certaines des périodes les plus difficiles de sa vie, et maintenant, l'idée qu'elle puisse être en danger, ou pire, lui était insupportable.

"Pourquoi tu me dis tout ça, Philippe ?" demanda Antoine, se redressant légèrement. "Pourquoi tu penses que je peux t'aider ?"

"Parce que tu la connaissais mieux que beaucoup d'autres, Antoine," répondit Philippe, son regard se faisant plus insistant. "Je sais que tu as eu tes problèmes, que tu as dû t'éloigner de tout ça, mais si quelqu'un peut comprendre ce qui lui est arrivé, c'est bien toi."

Antoine baissa les yeux vers le comptoir, cherchant une réponse dans le bois poli. Il avait passé tant de temps à essayer d'oublier ce qu'il avait été, à se reconstruire une nouvelle vie loin de tout ce qui lui rappelait son échec. Et maintenant, le passé revenait frapper à sa porte, lui rappelant qu'on ne pouvait jamais vraiment échapper à ce qu'on avait été.

"Sophie..." murmura-t-il, presque pour lui-même. "Elle était si... vivante. Je ne peux pas croire qu'elle ait disparu comme ça."

Philippe le regarda avec une compassion sincère. "Je sais que tu as tes propres problèmes, Antoine. Mais je pense que tu devrais essayer de savoir ce qui s'est passé. Pour elle, et peut-être aussi pour toi."

Antoine hocha lentement la tête, sentant un poids s'installer dans sa poitrine. Il ne savait pas s'il était prêt à replonger dans ce passé douloureux, mais l'idée que Sophie puisse être en danger, seule, sans personne pour l'aider, le hantait déjà.

"Je vais voir ce que je peux faire," dit-il enfin, d'une voix plus ferme qu'il ne le ressentait. "Merci de m'avoir informé, Philippe."

Philippe lui sourit, un sourire empreint de tristesse. "Prends soin de toi, Antoine. Et si jamais tu as besoin de parler, tu sais où me trouver."

Ils échangèrent une poignée de main, puis Philippe se leva et quitta le bar, laissant Antoine seul avec ses pensées. Le silence retomba dans la pièce, et Antoine resta immobile derrière son comptoir, le regard perdu dans le vide.

Sophie. Disparue. Cette nouvelle tournait en boucle dans sa tête, ravivant des émotions qu'il avait cru éteintes. Antoine savait qu'il ne pourrait pas simplement ignorer cette information. Il devait savoir ce qui était arrivé à Sophie, même si cela signifiait affronter des fantômes qu'il avait tenté de fuir pendant toutes ces années.

Il se servit un verre de whisky, le porta à ses lèvres, et se prépara mentalement à plonger dans un passé qu'il avait tout fait pour oublier. Parce qu'au fond de lui, il savait qu'il n'avait pas le choix. Sophie avait été là pour lui quand il en avait eu besoin, et maintenant, c'était à son tour de faire quelque chose.

10. Le Secret du Carnet

Le lendemain matin, le Café des Illusions s'emplissait doucement du murmure des conversations et du cliquetis des tasses. Clara, bien que plongée dans la routine de son travail, se sentait plus préoccupée que d'habitude. La nouvelle de la disparition de Sophie, révélée par cet homme mystérieux quelques jours plus tôt, continuait de la hanter. Elle ne parvenait pas à chasser l'image de Sophie de son esprit, cette amie lointaine qui avait autrefois illuminé sa vie.

C'était en nettoyant l'une des tables près de la fenêtre, où le mystérieux client s'était assis quelques jours auparavant, que Clara aperçut quelque chose qui attira son attention. Glissé entre les coussins du fauteuil, un petit carnet noir dépassait légèrement. Intriguée, elle le saisit, notant aussitôt que l'objet semblait usé, comme s'il avait été feuilleté de nombreuses fois.

Clara regarda autour d'elle, vérifiant si quelqu'un semblait avoir perdu un objet, mais tous les clients étaient absorbés dans leurs conversations ou dans la lecture de leur journal. Elle décida de mettre le carnet de côté, prévoyant de le déposer dans la boîte des objets perdus après son service.

Cependant, tout au long de la matinée, une étrange intuition l'incita à jeter un œil à l'intérieur du carnet. Peut-être que ce n'était rien, juste des notes personnelles, ou peut-être quelque chose de plus important. Après tout, le mystérieux client avait évoqué Sophie. Et s'il y avait un lien

? S'il avait laissé ce carnet intentionnellement pour qu'elle le trouve ?

Pendant sa pause, Clara s'assit dans un coin tranquille du café, le carnet entre les mains. Elle hésita un instant avant de l'ouvrir. La première page était vierge, mais les suivantes étaient remplies de notes manuscrites, des phrases inachevées, des esquisses, et des fragments de ce qui semblait être des pensées personnelles.

Plus elle parcourait les pages, plus elle se sentait troublée. Le style de l'écriture, l'agencement des mots, tout lui semblait étrangement familier. Puis, au détour d'une page, elle tomba sur une note qui fit bondir son cœur.

"Clara, si tu trouves ce carnet, cela signifie que je n'ai pas pu te parler. Tu dois comprendre que tout ce que j'ai découvert ne peut rester secret. Cherche l'atelier, c'est là que tout commence."

Le souffle coupé, Clara relut la note plusieurs fois. Il ne faisait aucun doute : c'était l'écriture de Sophie. Ce carnet lui appartenait. Mais pourquoi l'avait-elle laissé là ? Et que voulait-elle dire par "tout commence à l'atelier" ? Qu'avait-elle découvert qui était si important ?

Les pages suivantes étaient remplies de notes cryptiques, des dessins abstraits, et des phrases isolées qui semblaient se rapporter à un projet ou à une enquête que Sophie menait. Des noms de personnes et de lieux étaient mentionnés, mais souvent sans contexte clair. Un mot revenait cependant plusieurs fois : "Vérité."

Clara sentait son cœur s'emballer. Elle savait que Sophie avait toujours été une personne passionnée, parfois jusqu'à l'obsession. Mais cela, c'était différent. Il y avait dans ces pages une urgence, une peur sous-jacente qui transparaissait à travers les mots griffonnés à la hâte.

Une autre note attira particulièrement son attention :
"Le tableau final, c'est là que se cache la clé. Les ombres le dissimulent, mais la lumière le révélera. Ne laisse pas la peur t'arrêter, Clara. Toi seule peux comprendre."

Clara ferma les yeux un instant, essayant de rassembler ses pensées. Ce carnet n'était pas seulement une collection de notes sans importance ; il s'agissait d'un message, un message que Sophie lui avait laissé, comme un dernier recours. Mais pourquoi elle ? Pourquoi Sophie avait-elle pensé que Clara pouvait comprendre ce que tout cela signifiait ?

Elle savait qu'elle ne pouvait pas laisser ce carnet de côté. Sophie comptait sur elle, même si elle ne comprenait pas encore tout. Peut-être que la disparition de Sophie était liée à ce qu'elle avait découvert. Peut-être que ce carnet contenait des indices sur ce qui lui était arrivé.

Le mot "atelier" revenait en boucle dans l'esprit de Clara. Sophie avait un atelier, un lieu qu'elle utilisait pour peindre et se retirer du monde, mais cela faisait des années que Clara n'y avait pas mis les pieds. L'idée de s'y rendre la terrifiait, mais elle savait qu'elle n'avait pas le choix.

Elle devait découvrir la vérité, même si cela signifiait affronter des peurs qu'elle avait longtemps refoulées. Ce carnet, ces mots laissés pour elle, représentaient un lien avec

Sophie qu'elle ne pouvait pas ignorer. Et si Sophie avait raison, si tout commençait à l'atelier, alors Clara savait où elle devait aller.

Décidée, elle glissa le carnet dans son sac, jetant un dernier coup d'œil autour d'elle comme pour s'assurer que personne ne l'avait vue. Puis elle se redressa, le cœur lourd mais résolu, prête à affronter ce que cette nouvelle quête allait lui révéler.

Clara savait que ce voyage la mènerait bien plus loin que prévu, dans les recoins les plus sombres de son passé et de celui de Sophie. Mais elle ne reculerait pas. Parce que quelque part, au-delà de la peur et du doute, se trouvait la vérité. Et cette vérité, Clara était désormais déterminée à la découvrir.

11. Les Liens Brisés

Le soleil d'automne baignait la ville d'une lumière douce et dorée, tandis qu'Élise déambulait sans but précis dans les rues animées. Ses pensées étaient encore tournées vers le carnet de Sophie, et cette mystérieuse disparition qui hantait son esprit depuis plusieurs jours. Elle ne parvenait pas à se défaire de ce sentiment d'inquiétude, de culpabilité même, qui pesait sur elle depuis qu'elle avait appris que Sophie était introuvable.

C'est alors qu'elle aperçut une petite librairie, nichée dans un coin tranquille de la rue. La vitrine, ornée de livres soigneusement disposés, semblait l'inviter à entrer. Élise décida de suivre cette impulsion, espérant que se perdre dans les rayons poussiéreux pourrait lui offrir un moment de répit. Elle entra dans la boutique, le tintement de la clochette au-dessus de la porte marquant son arrivée.

À l'intérieur, l'air était imprégné de l'odeur familière des vieux livres, un mélange de papier jauni et d'encre fanée. Élise parcourut les étagères sans réel objectif, son esprit vagabondant toujours autour des souvenirs de Sophie. Alors qu'elle feuilletait distraitement un recueil de poésie, une voix qu'elle ne s'attendait pas à entendre fit irruption dans son univers de pensées.

"Élise ?"

Elle releva brusquement la tête, son cœur manquant un battement. Devant elle se tenait Antoine, son visage marqué par l'étonnement. Pendant un instant, ils restèrent figés, comme si le temps s'était arrêté, chacun cherchant à déchiffrer les émotions de l'autre.

"Antoine..." murmura-t-elle, à la fois surprise et déstabilisée par cette rencontre inattendue. Cela faisait des années qu'ils ne s'étaient pas vus, depuis qu'ils avaient mis fin à leur relation dans des circonstances douloureuses.

Antoine esquissa un sourire maladroit, clairement aussi troublé qu'elle. "Je... je ne pensais pas te croiser ici."

"Moi non plus," répondit Élise en refermant doucement le livre qu'elle tenait. "Je ne savais même pas que tu aimais encore les livres."

"Je suis passé par hasard," dit Antoine, haussant les épaules. "Et toi ?"

"Je cherchais juste un peu de tranquillité," avoua-t-elle, essayant de maintenir une conversation légère malgré le flot de souvenirs qui menaçait de l'envahir.

Ils restèrent un moment silencieux, une tension palpable s'installant entre eux. Le passé semblait soudainement si proche, leurs vies entremêlées revenant à la surface, avec toutes les émotions non résolues qu'ils avaient laissées derrière eux.

"Ça fait longtemps," reprit finalement Antoine, brisant le silence. "Comment vas-tu ?"

Élise hocha la tête, incertaine de la réponse à donner. "Ça va... Enfin, je suppose. Et toi ?"

"Je me débrouille," répondit-il vaguement, détournant les yeux comme pour échapper à quelque chose. Puis, comme s'il n'avait plus la force de tourner autour du pot, il ajouta : "Tu as entendu parler de Sophie ?"

Le nom fit l'effet d'une décharge électrique. Élise sentit un frisson lui parcourir l'échine. "Oui," dit-elle doucement. "Je viens juste d'apprendre qu'elle a disparu. Ça me perturbe."

Antoine acquiesça, croisant les bras comme pour se protéger d'une vague de sentiments qu'il n'était pas prêt à affronter. "Moi aussi. Sophie était... enfin, c'était quelqu'un d'important pour nous deux."

Élise sentit une bouffée de tristesse monter en elle. Sophie avait été un lien crucial entre eux, une amie commune qui les avait rapprochés, mais aussi une figure centrale dans les tensions qui les avaient finalement séparés.

"Je ne comprends pas ce qui a pu lui arriver," murmura-t-elle, plus pour elle-même que pour Antoine. "Elle semblait toujours si forte, si pleine de vie. Comment a-t-elle pu disparaître comme ça ?"

"Peut-être qu'elle portait plus de fardeaux qu'on ne le pensait," répondit Antoine, son ton empreint de regret. "On n'a jamais vraiment su ce qu'elle vivait, au fond. Même quand on pensait être proches d'elle."

Leurs regards se croisèrent, et Élise sentit le poids du passé s'abattre sur eux. Il y avait tant de choses non dites, de blessures non cicatrisées entre eux. Sophie avait été là pour les deux, une amie, une confidente, et parfois même un médiateur. Mais leur relation s'était effritée, emportée par des malentendus, des attentes non comblées, et finalement, par le silence.

"Pourquoi sommes-nous devenus comme ça, Antoine ?" demanda-t-elle, sa voix à peine audible. "Pourquoi avons-nous laissé tout ça s'effondrer ?"

Antoine soupira, passant une main dans ses cheveux. "Je pense qu'on a simplement perdu notre chemin, Élise. Peut-être qu'on ne savait pas comment se soutenir mutuellement quand les choses sont devenues difficiles. Et puis, Sophie... Elle était là, mais même elle ne pouvait pas tout réparer."

"Sophie a essayé de nous aider," dit Élise en baissant les yeux. "Elle voyait que nous allions mal, et elle a voulu intervenir, mais... on n'a pas su l'écouter."

"Elle a toujours été celle qui essayait de tout arranger," acquiesça Antoine. "Mais parfois, même elle n'avait pas les réponses. On l'a peut-être mise dans une position impossible, à devoir choisir entre nous."

Ils restèrent silencieux un moment, chacun absorbé par ses propres réflexions. Leurs vies avaient pris des chemins différents, mais en cet instant, ils se retrouvaient face à face, forcés de confronter les souvenirs qu'ils avaient tentés d'oublier.

"Je regrette tellement de ne pas avoir su sauver ce que nous avions," avoua finalement Élise, les yeux brillants d'émotion. "J'ai toujours pensé que nous aurions pu être heureux, si nous avions mieux compris ce qui se passait entre nous."

Antoine la regarda avec une douceur qu'elle n'avait pas vue depuis longtemps. "Moi aussi, je le regrette. Mais nous ne pouvons plus changer ce qui est arrivé. Tout ce que nous pouvons faire maintenant, c'est essayer de comprendre ce qui est arrivé à Sophie. Peut-être que c'est la seule chose qui nous reste."

Élise acquiesça, sentant les larmes monter. "Oui. Nous devons savoir ce qui lui est arrivé. Pour elle, et pour nous."

Ils se regardèrent un long moment, deux âmes blessées cherchant une forme de rédemption à travers le mystère qui entourait leur amie disparue. Malgré toutes les blessures, ils savaient qu'ils devaient maintenant travailler ensemble pour découvrir la vérité sur Sophie. Parce qu'au-delà de leurs regrets et de leurs tensions passées, ils restaient unis par ce lien fragile et indéfectible : l'amitié qu'ils avaient partagée avec elle.

"Tu as raison," dit Élise en prenant une profonde inspiration. "Nous devons savoir. Peut-être que cela nous aidera à enfin trouver la paix."

Antoine hocha la tête, déterminé. "Nous la retrouverons, Élise. Et cette fois, nous ne la laisserons pas tomber."

Ils quittèrent la librairie ensemble, une étrange complicité renaissant entre eux. Les fantômes du passé étaient encore là, mais pour la première fois depuis longtemps, ils se sentaient prêts à les affronter, ensemble.

12. Les Premiers Indices

Assise à son bureau, Clara ouvrit à nouveau le carnet de Sophie, sentant l'excitation mêlée de peur monter en elle. Depuis qu'elle avait découvert ce carnet mystérieux, elle n'avait cessé de penser aux notes cryptiques qui parsemaient ses pages. Sophie avait manifestement laissé des indices, mais décoder ces messages ne serait pas simple. Pourtant, Clara savait qu'elle devait essayer. Il y avait quelque chose de plus grand derrière tout cela, quelque chose qui attendait d'être découvert.

Elle alluma une petite lampe de bureau, la lumière chaude éclairant les pages jaunies du carnet. Les premières pages contenaient des pensées décousues, des idées jetées sur le papier sans ordre apparent. Mais au fur et à mesure qu'elle avançait, Clara commença à repérer des motifs, des répétitions. Des mots comme "atelier," "ombre," "clé," revenaient souvent, mais sans contexte clair. Pourtant, il y avait une logique sous-jacente, une structure cachée qu'elle pouvait presque saisir.

Elle passa une bonne heure à parcourir les pages, à noter les mots et les phrases qui se distinguaient, essayant de les organiser pour comprendre ce que Sophie avait voulu lui dire. Puis, soudain, une ligne attira son attention. Elle était écrite en lettres majuscules, comme si Sophie avait voulu s'assurer qu'elle ne passerait pas inaperçue :

"13, Rue des Acacias - Le début de la fin."

Clara sentit son cœur s'accélérer. Une adresse. C'était un indice tangible, un lieu à explorer. Mais pourquoi Sophie avait-elle mentionné cet endroit en particulier ? Était-ce là que se trouvait son atelier, ou était-ce un autre lieu important dans sa vie ? Et qu'entendait-elle par "le début de la fin" ?

Les questions tourbillonnaient dans l'esprit de Clara, mais une chose était claire : elle devait se rendre à cette adresse. Peut-être y trouverait-elle des réponses, ou du moins, un nouvel indice pour comprendre ce qui était arrivé à Sophie.

Mais l'idée de se lancer seule dans cette enquête la terrifiait. Elle n'était pas détective, et elle n'avait aucune expérience dans ce genre de situation. Et si elle découvrait quelque chose de dangereux ? Sophie avait manifestement été prise dans quelque chose de sérieux, quelque chose qui l'avait poussée à disparaître. Clara hésitait, déchirée entre l'envie de savoir et la peur de ce qu'elle pourrait découvrir.

Finalement, elle prit une profonde inspiration et décida d'agir. Sophie lui avait confié ce carnet pour une raison, et elle ne pouvait pas laisser la peur la paralyser. Elle nota l'adresse sur un bout de papier, glissa le carnet dans son sac, et se prépara à sortir. Il était encore tôt dans l'après-midi, et elle pourrait se rendre à la Rue des Acacias avant la tombée de la nuit.

Le trajet jusqu'à l'adresse fut une épreuve pour ses nerfs. Chaque rue qu'elle traversait, chaque visage croisé lui semblait étranger et menaçant. Son imagination lui jouait des tours, et elle devait constamment se rappeler qu'elle faisait cela pour Sophie. Elle devait savoir.

Enfin, elle arriva à la Rue des Acacias, une petite rue discrète, bordée de bâtiments anciens aux façades usées par le temps. Elle chercha le numéro 13, son cœur battant la chamade. Lorsqu'elle le trouva, elle s'arrêta, observant l'immeuble devant elle. C'était un bâtiment modeste, sans prétention, avec une porte en bois sombre légèrement écaillée.

Clara s'approcha, sentant une tension croissante dans son estomac. Elle n'avait aucune idée de ce qu'elle allait trouver à l'intérieur, mais elle savait qu'elle ne pouvait plus reculer. Après un dernier moment d'hésitation, elle poussa la porte, qui s'ouvrit avec un grincement sourd.

L'intérieur de l'immeuble était plongé dans une semi-obscurité. Un couloir étroit menait à un escalier en colimaçon, et le silence pesant n'était troublé que par le bruit lointain de la ville à l'extérieur. Clara monta les marches avec précaution, chaque pas résonnant dans le silence oppressant.

Arrivée au deuxième étage, elle trouva une porte avec le numéro 13 gravé sur une plaque en laiton. Elle tendit la main pour frapper, mais se ravisa, essayant d'écouter s'il y avait du mouvement à l'intérieur. Rien. L'appartement semblait vide.

Elle tourna la poignée avec appréhension, et la porte s'ouvrit sans résistance. L'intérieur était sombre, les rideaux tirés, laissant filtrer juste assez de lumière pour distinguer les formes des meubles. L'endroit était désordonné, comme si quelqu'un avait quitté les lieux à la hâte. Des papiers étaient éparpillés sur une table, et un tableau inachevé reposait sur un chevalet dans un coin de la pièce.

Clara avança prudemment, se demandant si Sophie avait vécu ici, ou si c'était un endroit qu'elle utilisait pour se cacher, pour peindre, ou pour autre chose encore. Son regard se posa sur un bureau près de la fenêtre, où une lampe de bureau était allumée, projetant une faible lumière sur un carnet ouvert.

Elle s'approcha du bureau, le cœur battant, et reconnut immédiatement l'écriture de Sophie. C'était une autre page du carnet, pleine de notes, de croquis et de réflexions. Clara parcourut les lignes, cherchant des indices supplémentaires.

Une phrase en particulier attira son attention :

"Ils savent. Ne fais confiance à personne. La vérité est ici, mais elle est cachée. Si tu trouves cela, va au sous-sol. C'est là que tout se termine."

Clara sentit une vague de panique l'envahir. Le sous-sol ? Elle se retourna, regardant la porte derrière elle, comme si elle s'attendait à ce que quelqu'un surgisse à tout moment. Mais elle était seule. Totalement seule.

Rassemblant son courage, elle fouilla rapidement le bureau, trouvant quelques papiers supplémentaires qui semblaient importants, avant de se diriger vers la porte. Elle ne pouvait pas rester ici plus longtemps, mais elle savait qu'elle devait trouver ce sous-sol. C'était peut-être la clé pour comprendre ce qui était arrivé à Sophie.

En quittant l'appartement, elle jeta un dernier coup d'œil à la pièce, une étrange sensation de familiarité mêlée de crainte la submergeant. Puis elle referma la porte derrière elle, se promettant de revenir bientôt. Parce qu'elle savait maintenant que ce carnet était bien plus qu'un simple journal : c'était la piste qu'elle devait suivre pour découvrir la vérité.

Et quoi qu'il arrive, elle ne laisserait pas la peur l'arrêter.

13. Le Mensonge d'Antoine

Le crépuscule baignait la ville d'une lumière douce, tandis qu'Antoine Lavallée arpentait les rues pavées, son esprit tourmenté par des pensées contradictoires. Depuis sa rencontre avec Élise et la nouvelle de la disparition de Sophie, une lourde culpabilité ne cessait de le ronger. Il ne pouvait s'empêcher de repenser à leur dernier échange, quelques semaines seulement avant que Sophie ne disparaisse.

Ce qu'Élise et Clara ne savaient pas, c'est qu'Antoine avait été en contact avec Sophie peu avant qu'elle ne s'évapore sans laisser de trace. C'était une vérité qu'il n'avait révélé à personne, pas même à ces deux femmes qui avaient partagé une partie importante de sa vie. Il se répétait que c'était pour les protéger, mais au fond, il savait que c'était la culpabilité et la honte qui le poussaient à garder ce secret.

Antoine se souvenait clairement de cette rencontre avec Sophie. Ils s'étaient retrouvés dans un café discret, à l'abri des regards curieux. Sophie était apparue nerveuse, plus tendue que jamais, et Antoine avait immédiatement compris que quelque chose n'allait pas.

"Antoine, j'ai besoin de ton aide," avait-elle dit en serrant sa tasse de café entre ses mains. "Il y a des choses que je dois découvrir, mais je ne peux pas le faire seule."

Antoine avait été surpris par la gravité de son ton. Sophie était habituellement forte, indépendante, quelqu'un qui n'hésitait jamais à affronter les défis de front. Mais ce jour-là, elle semblait épuisée, presque effrayée.

"De quoi parles-tu, Sophie ? Qu'est-ce qui se passe ?" avait-il demandé, inquiet.

Elle avait hésité, jetant des regards autour d'elle comme pour s'assurer qu'ils n'étaient pas écoutés. "Il y a quelque chose de très sérieux, Antoine. Je suis sur une piste, quelque chose de gros, mais je ne sais pas à qui faire confiance. Je pensais que... que tu pourrais m'aider."

Antoine, malgré lui, avait ressenti une certaine réticence. Il n'était plus l'homme qu'il avait été autrefois, celui qui plongeait tête baissée dans les situations complexes. Après avoir tout perdu, il avait appris à se méfier, à éviter les ennuis. Mais il ne pouvait pas tourner le dos à Sophie, pas après tout ce qu'elle avait fait pour lui dans le passé.

"Je vais voir ce que je peux faire," avait-il répondu, tentant de lui offrir un soutien qui lui semblait alors insuffisant. "Dis-moi juste ce dont tu as besoin."

Mais avant qu'elle ne puisse en dire plus, Sophie avait changé d'avis, visiblement nerveuse. "Non, oublie ça. C'était une mauvaise idée de t'en parler. Je ne veux pas te mêler à tout ça."

Antoine avait essayé de la convaincre de se confier, de lui expliquer ce qui la tourmentait tant, mais elle avait refusé, insistant pour qu'il n'intervienne pas. Quelques jours plus tard, Sophie avait disparu, laissant Antoine avec un terrible sentiment d'impuissance et de culpabilité.

Maintenant, alors qu'il marchait dans les rues, cette rencontre hantait Antoine. Il savait qu'il aurait dû insister, qu'il aurait dû comprendre l'ampleur du danger qu'elle courait. Mais il ne l'avait pas fait, et maintenant, Sophie était introuvable.

Antoine avait décidé de garder cette information pour lui. Ni Élise ni Clara n'avaient besoin de savoir qu'il avait été l'un des derniers à parler à Sophie avant sa disparition. Il se disait que cela ne ferait qu'ajouter à leur anxiété et à leur confusion. Mais au fond, il savait que c'était aussi une manière de fuir sa propre responsabilité, de ne pas affronter le fait qu'il aurait pu – qu'il aurait dû – faire plus.

Animé par cette culpabilité, Antoine avait commencé à enquêter de son côté. Il se rendait dans les endroits que Sophie fréquentait, interrogeait des contacts qu'ils avaient en commun, essayant de reconstituer les derniers jours de Sophie avant qu'elle ne disparaisse. Mais chaque piste qu'il suivait semblait se terminer dans une impasse, comme si Sophie avait soigneusement effacé ses traces.

Ce soir-là, après des heures de recherche infructueuse, Antoine se retrouva devant un vieil immeuble où Sophie avait souvent parlé de ses projets artistiques. L'endroit était désert, plongé dans l'obscurité, mais Antoine sentit qu'il devait vérifier. Il fouilla le lieu, mais ne trouva rien d'inhabituel. Pourtant, il ne pouvait secouer cette impression que quelque chose d'important lui échappait.

Il sortit de l'immeuble, frustré et accablé par le poids de son secret. Il savait qu'il ne pourrait pas continuer à cacher cette vérité à Élise et Clara indéfiniment. Mais pour l'instant, il n'était pas prêt à tout dévoiler. Pas tant qu'il n'aurait pas trouvé une réponse, une piste solide qui pourrait expliquer ce qui était arrivé à Sophie.

Alors qu'il s'éloignait dans la nuit, Antoine se jura de continuer son enquête, de ne pas abandonner tant qu'il n'aurait pas découvert la vérité. Il le devait à Sophie, mais aussi à lui-même, pour essayer de réparer, même partiellement, ce qu'il avait laissé se briser.

Mais il savait aussi que chaque jour qui passait rendait son secret plus lourd, plus difficile à porter. Et qu'à un moment donné, il devrait se confronter à ses propres mensonges, et à la trahison silencieuse qu'il infligeait à celles qui comptaient sur lui pour découvrir la vérité.

14. Les Tableaux Perdus

Les rues de la ville étaient baignées de la lumière douce d'un après-midi d'automne lorsque Élise Marceau se dirigea vers la galerie d'art où Sophie exposait autrefois ses œuvres. Depuis qu'elle avait appris la disparition de son amie, un sentiment de malaise ne cessait de croître en elle, la poussant à enquêter sur ce qui avait pu se passer. La dernière fois qu'elles avaient parlé, Sophie semblait préoccupée, mais jamais Élise n'aurait imaginé qu'elle puisse disparaître ainsi, sans laisser de trace.

La galerie, un lieu où les artistes locaux exposaient leurs créations, était familière à Élise. Elle s'y rendait souvent autrefois, avant que la vie ne les éloigne toutes les deux. Aujourd'hui, elle se sentait nerveuse en poussant la porte, comme si entrer dans cet espace ramenait à la surface des souvenirs qu'elle aurait préféré oublier.

La galerie était calme, presque vide. Quelques visiteurs déambulaient silencieusement, admirant les œuvres accrochées aux murs. Élise se dirigea vers la section où les tableaux de Sophie étaient habituellement exposés, son cœur battant plus vite à chaque pas. Mais lorsqu'elle arriva devant l'endroit habituel, elle fut frappée par une absence troublante : les murs étaient nus, dépouillés des œuvres de son amie.

Élise resta un moment immobile, fixant l'espace vide devant elle. Les tableaux de Sophie, ces toiles vibrantes qui dégageaient tant d'émotion, avaient disparu. La panique commença à monter en elle. Pourquoi ces œuvres avaient-elles été retirées ? Était-ce une simple réorganisation, ou y avait-il autre chose derrière cette disparition soudaine ?

Elle chercha des yeux le propriétaire de la galerie, Marc, un homme d'âge moyen qui gérait l'endroit depuis des années. Elle le trouva dans un coin de la salle, discutant avec un couple d'acheteurs potentiels. Attendant patiemment que la conversation se termine, Élise se rapprocha, les questions se bousculant dans son esprit.

Lorsque Marc se retourna et l'aperçut, il lui offrit un sourire chaleureux, bien qu'un peu fatigué. "Élise, ça faisait un moment ! Comment vas-tu ?" demanda-t-il avec une gentillesse sincère.

"Marc," répondit-elle, son ton légèrement tendu. "Je... je suis venue voir les œuvres de Sophie, mais elles ne sont plus là. Que s'est-il passé ?"

Le sourire de Marc s'effaça, remplacé par une expression d'inquiétude. "Je me doutais que tu viendrais pour ça," dit-il en jetant un coup d'œil autour de lui pour s'assurer qu'ils n'étaient pas entendus. "J'ai essayé de te contacter, mais je n'avais plus tes coordonnées à jour."

"Me contacter pour quoi ? Où sont les tableaux de Sophie ?" insista Élise, sentant une boule se former dans son estomac.

Marc soupira profondément, prenant un instant avant de répondre. "Ils ont disparu, Élise. Il y a quelques jours, quand je suis arrivé un matin pour ouvrir la galerie, ses œuvres n'étaient plus là. Pas un seul tableau. C'était comme si quelqu'un les avait volés pendant la nuit."

Élise le regarda, incrédule. "Volés ? Comment est-ce possible ? Il n'y a aucune trace de cambriolage, rien ?"

"Rien du tout," répondit Marc, visiblement troublé. "J'ai vérifié les caméras de surveillance, mais c'était comme si elles avaient été désactivées pendant la nuit. Aucun enregistrement. Les autorités ont été prévenues, mais ils n'ont rien trouvé de concret. C'est comme si les tableaux s'étaient évaporés."

L'esprit d'Élise s'emballa. Elle se rappela des notes cryptiques dans le carnet de Sophie, des mentions de secrets, de découvertes dangereuses. Ces tableaux avaient-ils un lien avec ce que Sophie avait découvert avant de disparaître ? Peut-être que ces œuvres étaient plus que de simples toiles, peut-être qu'elles contenaient des indices, des messages que Sophie avait laissés.

"Et tu n'as aucune idée de qui aurait pu faire ça ?" demanda-t-elle, cherchant désespérément une piste.

Marc secoua la tête. "Personne ne s'intéressait vraiment à ces œuvres récemment, pas au point de les voler en tout cas. C'est pourquoi c'est si étrange. Les tableaux de Sophie sont magnifiques, mais ils n'ont jamais attiré l'attention de collectionneurs ou de voleurs."

Élise se mordit la lèvre, sentant un sentiment d'urgence monter en elle. Sophie avait toujours mis beaucoup de sa propre vie, de ses propres expériences dans ses œuvres. Si quelqu'un avait voulu ces tableaux, ce n'était pas pour leur valeur artistique seule. Il devait y avoir autre chose, quelque chose de caché dans ces toiles.

"Marc, je dois les retrouver," dit-elle soudainement, déterminée. "Il y a quelque chose de plus grand derrière tout ça, je le sens."

Marc la regarda avec une compassion inquiète. "Élise, je comprends que tu sois préoccupée, mais tu dois être prudente. Ce genre de disparition... ce n'est pas anodin. Si quelqu'un a volé ces tableaux, c'est peut-être pour une raison que nous ne pouvons même pas imaginer."

"Justement," répliqua Élise, les yeux brillants de détermination. "C'est pour ça que je dois découvrir la vérité. Sophie est ma meilleure amie, et je ne peux pas rester les bras croisés en attendant que quelqu'un d'autre le fasse."

Marc hésita un instant, puis hocha la tête. "Je te comprends. Écoute, je vais continuer à chercher des informations de mon côté. Mais si tu trouves quelque chose, quoi que ce soit, promets-moi de me tenir au courant. Et fais attention à toi."

Élise acquiesça, reconnaissante pour son soutien. "Je te tiendrai au courant, c'est promis. Merci, Marc."

Elle quitta la galerie avec un sentiment de détermination renouvelée, bien que teinté d'une angoisse sourde. Cette disparition des tableaux de Sophie confirmait ses craintes : quelque chose de bien plus grand était en jeu, et elle ne pouvait pas se permettre de rester à l'écart.

Élise savait qu'elle devait maintenant plonger plus profondément dans les mystères qui entouraient la vie et les œuvres de Sophie. Les tableaux disparus étaient peut-être la clé pour comprendre ce qui lui était arrivé. Et si cela signifiait prendre des risques, alors elle était prête à les affronter.

Car pour Sophie, et pour elle-même, Élise ne reculerait devant rien pour découvrir la vérité.

15. La Nuit des Révélations

La nuit était tombée sur la ville, enveloppant les rues de son manteau sombre et silencieux. Clara marchait d'un pas rapide, le cœur battant fort dans sa poitrine, alors qu'elle se dirigeait vers l'adresse trouvée dans le carnet de Sophie. L'endroit se trouvait dans une partie ancienne de la ville, là où les bâtiments centenaires se dressaient comme des sentinelles, gardant en leur sein des secrets depuis longtemps oubliés.

L'adresse la conduisait à une ruelle étroite, à peine éclairée par quelques réverbères fatigués. Au bout de cette ruelle se trouvait un vieux bâtiment à la façade décrépite, ses fenêtres obstruées par des volets en bois craquelés par le temps. C'était un lieu que Clara ne connaissait pas, mais l'atmosphère qui y régnait éveillait en elle une étrange familiarité, comme si cet endroit était imprégné de la présence de Sophie.

Elle s'arrêta devant une porte massive en bois, couverte de graffitis effacés par les années. Clara hésita un instant, une peur irrationnelle lui murmurant de rebrousser chemin. Mais la curiosité, le besoin de savoir ce qui était arrivé à Sophie, l'emporta. Elle poussa la porte qui s'ouvrit dans un grincement lugubre, révélant l'intérieur sombre du bâtiment.

L'air à l'intérieur était froid et humide, portant l'odeur distincte du bois pourri et de la poussière. Clara alluma la lampe de poche qu'elle avait apportée et pénétra dans ce qui semblait être un ancien entrepôt. Les murs étaient nus, dépouillés de toute décoration, et le sol était jonché de débris et de vieilles caisses abandonnées. Elle avançait lentement, ses pas résonnant dans le silence oppressant.

Soudain, un bruit sourd attira son attention. Elle s'immobilisa, le souffle coupé, tendant l'oreille. Mais le son ne se reproduisit pas. Clara reprit sa marche, plus prudemment cette fois, explorant chaque recoin de l'entrepôt. Ce lieu, bien que sinistre, avait manifestement été important pour Sophie. Clara était déterminée à découvrir pourquoi.

En fouillant parmi les caisses, elle trouva un vieux tableau posé contre un mur, recouvert d'une bâche poussiéreuse. Lorsqu'elle retira la bâche, elle découvrit une toile inachevée. Le style était reconnaissable : c'était une œuvre de Sophie. Les couleurs sombres et les formes abstraites reflétaient une agitation intérieure, un tourment qui transparaissait dans chaque coup de pinceau.

Mais ce n'était pas tout. Derrière le tableau, coincé dans un interstice du mur, Clara aperçut un petit carnet, similaire à celui qu'elle avait déjà en sa possession. Ses doigts tremblants l'extirpèrent de sa cachette. Lorsqu'elle l'ouvrit, elle découvrit des pages griffonnées de l'écriture rapide de Sophie.

Les premières pages contenaient des notes sur des rencontres, des observations, des esquisses d'idées qui semblaient fragmentées, comme si Sophie avait consigné ses pensées dans un état de panique. Mais une page en particulier attira l'attention de Clara. Elle contenait une adresse, accompagnée d'un simple mot : "Vérité."

Le cœur de Clara se serra. C'était un autre indice, une autre pièce du puzzle que Sophie avait laissé derrière elle. Cette nouvelle adresse devait être cruciale. Mais avant qu'elle ne puisse s'attarder davantage sur ses découvertes, un frisson parcourut son dos. Elle avait l'étrange impression d'être observée.

Clara se tourna brusquement, balayant la pièce avec le faisceau de sa lampe de poche. Rien. Le silence lourd était retombé, mais son instinct lui criait qu'elle n'était plus seule. Une ombre dans un coin sombre sembla bouger légèrement, mais lorsqu'elle braqua la lumière dans cette direction, il n'y avait rien, juste le vide.

Elle réprima un cri de panique, se forçant à rester calme. Mais cette sensation d'être suivie, épiée, ne la quittait pas. Elle prit le carnet, le glissa dans son sac et se dirigea vers la sortie, ses pas rapides résonnant contre les murs froids de l'entrepôt.

Derrière elle, elle entendit un léger bruit, comme un souffle, ou peut-être un pas étouffé. Elle accéléra l'allure, ses mains moites serrant la sangle de son sac. Lorsqu'elle atteignit enfin la porte, elle sortit précipitamment dans la ruelle, le cœur battant à tout rompre. La nuit était toujours aussi calme, mais Clara sentait le danger rôder autour d'elle.

Elle se força à marcher d'un pas rapide mais contrôlé, ne voulant pas paraître trop paniquée, même si chaque fibre de son être criait de fuir. Lorsqu'elle atteignit une rue plus animée, elle se retourna discrètement pour jeter un coup d'œil derrière elle. Une silhouette sombre se tenait à l'entrée de la ruelle, à peine visible dans l'ombre. L'inconnu ne bougeait pas, mais Clara savait qu'il l'avait suivie.

Prise de panique, elle s'engagea dans une autre rue, prenant soin de ne pas courir pour ne pas attirer davantage l'attention. Ses pensées tourbillonnaient. Qui était cette personne ? Était-ce un simple hasard ou quelqu'un en lien avec la disparition de Sophie ?

Elle se fondit dans la foule d'une rue commerçante, espérant perdre la silhouette mystérieuse. Elle jeta plusieurs coups d'œil derrière elle, mais la silhouette avait disparu. L'angoisse qui lui serrait la poitrine ne s'atténua pas pour autant. Clara savait que ce n'était que le début. Elle avait mis le doigt sur quelque chose de bien plus grand, et maintenant, elle en payait le prix.

Essoufflée et secouée, Clara prit la décision de retourner chez elle rapidement. Elle avait découvert un nouvel indice, mais elle savait aussi que ce qu'elle avait trouvé la mettait en danger. Pourtant, elle n'était pas prête à abandonner. Ce carnet, ces adresses, c'était tout ce qu'elle avait pour retrouver Sophie. Et même si cela signifiait risquer sa sécurité, elle continuerait.

Arrivée chez elle, elle verrouilla la porte derrière elle et s'effondra sur une chaise, reprenant difficilement son souffle. Le silence de son appartement la rassurait à peine. Le carnet dans sa main semblait plus lourd, chargé de toutes les révélations encore à découvrir.

Clara savait qu'elle devait rester vigilante. Elle ne pouvait faire confiance à personne, et maintenant, elle devait se préparer à ce que cette enquête la mène encore plus loin dans l'inconnu. Le mystère de la disparition de Sophie devenait de plus en plus sombre, mais Clara était déterminée à aller jusqu'au bout. Parce qu'au-delà de la peur, il y avait la vérité. Et cette vérité, elle devait la découvrir, quoi qu'il en coûte.

16. Les Fantômes de l'Atelier

Élise Marceau se tenait devant la porte usée de l'atelier de Sophie, hésitant un instant avant de l'ouvrir. Cela faisait des années qu'elle n'avait pas mis les pieds dans ce lieu, autrefois rempli de vie et de créativité. L'endroit où Sophie passait des heures à peindre, à créer, à exprimer tout ce qu'elle ne pouvait dire autrement. Aujourd'hui, l'atelier était plongé dans le silence, déserté par celle qui lui avait autrefois insufflé tant d'énergie.

La poignée était froide sous ses doigts, et lorsqu'Élise poussa la porte, un léger grincement résonna dans l'air immobile. Elle pénétra dans l'atelier, son cœur battant à tout rompre. La pièce était baignée d'une faible lumière, filtrée par les fenêtres poussiéreuses qui laissaient entrer juste assez de clarté pour dévoiler l'intérieur. Tout semblait figé dans le temps, comme si Sophie avait quitté les lieux en laissant tout derrière elle.

Les murs étaient couverts de croquis, de toiles inachevées, de notes griffonnées à la hâte. Des pinceaux encore tachés de peinture reposaient sur une table encombrée, à côté de pots de pigments desséchés. Élise se sentait envahie par une vague de nostalgie douloureuse. Elle se souvenait des moments passés ici, à discuter avec Sophie de leurs projets, de leurs rêves, de leurs peurs. Mais ces souvenirs semblaient appartenir à une autre vie, une vie que le mystère de la disparition de Sophie avait brutalement interrompue.

En s'approchant d'une grande table à dessin au centre de la pièce, Élise remarqua une série de dessins éparpillés, certains à moitié recouverts par des feuilles de papier froissées. Les traits étaient nerveux, presque désespérés, comme si Sophie avait tenté de capturer quelque chose d'indicible sur le papier. Élise les examina un à un, les retournant, cherchant un sens à ces images fragmentées.

Les dessins racontaient une histoire, mais pas celle qu'Élise s'attendait à trouver. Il y avait des visages indistincts, des silhouettes obscures, des paysages déformés par une angoisse palpable. Mais ce qui retint surtout son attention, c'était une série d'esquisses qui semblaient suivre un fil conducteur : une figure féminine, isolée dans un environnement menaçant, entourée d'ombres et de formes indistinctes qui semblaient la traquer.

Élise se souvint des conversations qu'elle avait eues avec Sophie, des confidences échangées sur les doutes et les peurs qui les habitaient toutes les deux. Mais jamais elle n'avait perçu chez Sophie une telle intensité, une telle lutte intérieure. Ces dessins étaient différents de tout ce qu'Élise avait vu auparavant. Ils n'étaient pas simplement des œuvres d'art ; ils étaient le reflet d'une lutte, d'une quête de vérité qui avait peut-être fini par engloutir Sophie.

Parmi les dessins, Élise trouva un carnet de croquis plus petit, à moitié caché sous une pile de papiers. Elle l'ouvrit avec précaution et découvrit des pages remplies de notes manuscrites. La plupart des pages étaient couvertes de réflexions décousues, de fragments de pensées, mais une page attira son attention. Elle contenait une phrase qui résonna en elle comme un avertissement :

"Les fantômes du passé ne disparaissent jamais, ils se cachent dans les ombres, attendant leur heure."

Élise sentit un frisson lui parcourir l'échine. Qu'avait voulu dire Sophie ? Était-ce une métaphore pour exprimer son propre tourment, ou ces mots avaient-ils un sens plus littéral ? Les dessins, les notes, tout semblait pointer vers une vérité cachée, une histoire non racontée qui se jouait dans l'ombre de l'existence de Sophie.

En parcourant le carnet, Élise tomba sur une autre page où était griffonné un plan sommaire, comme une carte rudimentaire. Au centre du dessin, un lieu était marqué d'une croix, mais l'endroit était à peine identifiable. Les notes autour parlaient d'un "refuge" et d'un "lieu de vérité", sans autre explication. Élise comprit qu'il s'agissait peut-être d'un endroit que Sophie avait découvert ou où elle s'était rendue pour se cacher, ou pour chercher des réponses.

Elle ferma le carnet, le tenant contre elle comme un talisman. L'atelier de Sophie, bien que déserté, était encore imprégné de sa présence. Mais plus que cela, il semblait receler des indices, des fragments de la vérité que Sophie avait cherché à comprendre, à exposer. Élise savait qu'elle ne pouvait pas en rester là. Ces dessins inachevés, ces notes énigmatiques, tout cela formait un puzzle qu'elle devait résoudre, non seulement pour Sophie, mais aussi pour elle-même.

Les ombres qui planaient sur l'atelier de Sophie étaient lourdes de secrets, mais Élise se sentait prête à les affronter. Elle quitta l'atelier, le carnet serré dans sa main, déterminée à poursuivre la quête que Sophie avait commencée. Car elle savait maintenant que pour comprendre ce qui était arrivé à son amie, elle devait plonger dans ces ténèbres, suivre les traces laissées par Sophie, et affronter les fantômes qui hantaient leur passé commun.

Les réponses étaient là, quelque part, dissimulées dans ces fragments de vie inachevés. Et Élise n'était plus décidée à fuir. Elle trouverait la vérité, coûte que coûte.

17. Le Dîner des Non-Dits

La nuit était tombée, enveloppant la ville dans une couverture de lumières tamisées et de murmures lointains. Élise, Antoine, et Clara s'étaient donnés rendez-vous dans un petit restaurant discret, niché au coin d'une rue tranquille. L'endroit, avec ses murs de briques apparentes et ses tables en bois usé, était un refuge parfait pour une conversation à l'abri des oreilles indiscrètes. C'était la première fois depuis longtemps que les trois amis se retrouvaient ensemble, et chacun d'eux savait que ce dîner ne serait pas un simple repas partagé, mais une étape cruciale dans leur quête pour comprendre ce qui était arrivé à Sophie.

Élise arriva la première, le cœur lourd des révélations de l'atelier. Elle s'installa à une table près de la fenêtre, observant distraitement les allées et venues des passants dehors. Son esprit était encore hanté par les dessins inachevés de Sophie, par ces ombres menaçantes qui semblaient s'étendre au-delà du papier. Peu de temps après, Antoine entra, suivi de près par Clara. Ils échangèrent des salutations brèves, presque formelles, et prirent place autour de la table. Le silence qui s'ensuivit fut lourd de non-dits, chacun d'eux sentant que l'autre avait des choses à partager, mais ne sachant par où commencer.

Le serveur vint prendre leur commande, brisant momentanément la tension, mais dès qu'il s'éloigna, le silence revint, pesant. Ce fut finalement Élise qui prit la parole, consciente qu'ils ne pouvaient pas se permettre de tourner autour du pot.

"Je pense qu'on doit parler de ce que nous avons découvert," dit-elle doucement, son regard passant de Clara à Antoine. "Sophie a laissé des indices, c'est certain. Des choses qu'elle a peut-être découvertes et qui l'ont mise en danger."

Clara acquiesça, ses doigts jouant nerveusement avec une serviette. "J'ai trouvé un carnet," avoua-t-elle. "Sophie l'a laissé derrière elle dans le café où je travaille. Il contient des notes, des adresses... J'ai suivi l'une d'elles. C'était un vieux bâtiment où elle se rendait souvent. J'y ai trouvé un autre carnet, plus de notes, mais je... j'ai aussi été suivie. Quelqu'un m'observait, je suis sûre de ça."

Antoine écouta en silence, une ombre passant sur son visage à mesure que Clara parlait. Il se sentit pris dans un dilemme : devait-il révéler qu'il avait été en contact avec Sophie peu avant sa disparition ? Mais il n'était pas encore prêt à exposer ce mensonge, cette omission qui le rongeait. Au lieu de cela, il se contenta de poser une question qui lui permettrait de détourner l'attention.

"Et toi, Élise ? Tu as trouvé quelque chose dans l'atelier de Sophie ?" demanda-t-il, son ton plus doux qu'il ne le voulait.

Élise soupira, partageant à son tour ce qu'elle avait découvert. Elle parla des dessins inachevés, des notes cryptiques et du sentiment que Sophie avait laissé derrière elle des messages pour qu'ils comprennent ce qu'elle traversait. Mais tout en racontant, elle évita de mentionner certains détails troublants, des indices qui laissaient entendre que Sophie était impliquée dans quelque chose de bien plus dangereux qu'ils ne l'avaient imaginé.

"Je pense que ces dessins racontent une histoire," conclut-elle, "mais je ne suis pas encore sûre de tout ce qu'ils révèlent. Il y a des lieux, des personnes peut-être, que nous ne connaissons pas encore."

Clara hocha la tête, son visage marqué par l'inquiétude. "Sophie était sur quelque chose de gros. Et ça lui a peut-être coûté plus que ce qu'elle pensait."

Antoine, sentant que le moment était venu de dire quelque chose, se racla la gorge. "Je suis d'accord. Mais nous devons être prudents. Nous ne savons pas exactement dans quoi nous mettons les pieds. Si Sophie a été en danger, il y a de fortes chances que nous le soyons aussi."

Ils échangèrent des regards lourds de sous-entendus. Chacun d'eux savait qu'ils ne disaient pas tout, que des fragments de vérité restaient cachés, même entre eux. La peur, la méfiance, et l'incertitude pesaient sur leurs épaules, mais ils étaient aussi animés par une détermination commune : découvrir la vérité, quoi qu'il en coûte.

Clara brisa de nouveau le silence. "Alors, quelle est la prochaine étape ? Nous devons continuer à suivre ces indices, mais nous devons aussi être prêts à affronter ce qui viendra. Peut-être que nous devons commencer à assembler toutes les pièces ensemble, voir ce qui se recoupe."

Élise approuva d'un signe de tête. "Je suis d'accord. Nous devons rassembler tout ce que nous avons. Et si ça signifie prendre des risques, alors nous le ferons."

Antoine acquiesça à son tour, mais en son for intérieur, il se reprochait déjà de ne pas avoir été totalement honnête avec elles. Il savait que garder ce secret pourrait compliquer les choses, mais pour l'instant, il n'avait pas le courage de tout révéler. Il se convainquait que c'était pour le bien du groupe, qu'il devait d'abord en apprendre plus avant de partager ce qu'il savait.

Le dîner continua, ponctué de discussions sur les prochains mouvements à faire, mais toujours teinté de ces non-dits, de ces vérités cachées qui les éloignaient autant qu'elles les rapprochaient. Ils finirent par quitter le restaurant, chacun se promettant de rester en contact, de partager leurs découvertes à mesure qu'ils avançaient dans cette enquête de plus en plus complexe.

Mais au fond, chacun d'eux savait que les secrets qu'ils gardaient pourraient bien être leur perte. Car dans cette quête pour retrouver Sophie, la vérité était tout aussi dangereuse que l'ignorance. Et les mensonges, même ceux nés de la peur, pourraient les conduire sur un chemin sans retour.

18. Les Messages Cachés

La lumière de l'après-midi filtrait à travers les rideaux de l'appartement de Clara, projetant des ombres dansantes sur le mur alors qu'elle se plongeait une fois de plus dans le carnet de Sophie. Les pages étaient pleines de mots griffonnés à la hâte, de phrases incomplètes, et de dessins cryptiques qui semblaient contenir des messages cachés. Depuis leur dîner de la veille, Clara n'avait cessé de penser à ce que Sophie avait laissé derrière elle, convaincue que ces notes contenaient la clé de sa disparition.

Assise à son bureau, Clara se fraya un chemin à travers les fragments épars du carnet, cherchant des indices, des connexions, quelque chose qui pourrait donner un sens à tout cela. Chaque mot, chaque esquisse semblait imprégné d'une urgence désespérée, comme si Sophie avait tenté de consigner ses pensées avant qu'il ne soit trop tard. Pourtant, beaucoup de ces notes restaient énigmatiques, leur signification cachée derrière un voile de confusion et de peur.

Au fur et à mesure qu'elle avançait dans sa lecture, Clara remarqua que certains termes revenaient fréquemment : "vérité", "ombre", "affaire". Mais un autre mot, qu'elle n'avait pas encore pleinement compris, attirait de plus en plus son attention : **"La Vieille Affaire"**. Le terme était mentionné plusieurs fois, souvent entouré de griffonnages plus agressifs, comme si Sophie avait lutté pour ne pas oublier cette référence.

Intriguée, Clara se mit à fouiller dans sa mémoire, essayant de se rappeler si Sophie lui avait déjà parlé de quelque chose de ce genre. Mais rien ne lui venait à l'esprit. Sophie était une personne passionnée, qui avait souvent des projets multiples en cours, mais "La Vieille Affaire" ne lui disait rien. Ce devait être quelque chose de très personnel ou quelque chose que Sophie avait découvert en enquêtant, quelque chose qui l'avait suffisamment marquée pour qu'elle en parle dans ses notes.

Clara décida de changer de stratégie. Plutôt que de lire les notes comme un journal, elle commença à chercher des motifs, des répétitions, comme elle l'avait appris en étudiant la littérature. Sophie avait peut-être laissé des indices dans l'ordre même de ses notes, une sorte de code pour que quelqu'un comme Clara puisse les décoder.

Au bout d'un moment, elle tomba sur une page où le mot "ombre" était écrit en gros, entouré de dessins abstraits. Juste en dessous, une phrase semblait résumer ce que Sophie avait tenté de dire :

"La Vieille Affaire - l'ombre derrière tout - cherche dans les archives."

Les archives ? Clara sentit son cœur s'accélérer. Cela pourrait signifier des documents anciens, des dossiers oubliés, quelque chose que Sophie avait découvert et qui était peut-être lié à sa disparition. Mais de quelles archives parlait-elle ? Était-ce une référence à des archives publiques, à un journal, ou à quelque chose de plus secret, de plus caché ?

En continuant à lire, Clara trouva un autre passage qui fit écho à ses réflexions :

"Tout remonte à cette affaire. Ils ont tout couvert. Mais les ombres ne mentent pas. Chercher là où tout a commencé."

Ces mots résonnaient en elle. Sophie avait clairement trouvé quelque chose d'important, quelque chose qui la liait à une affaire plus ancienne. Mais quelle affaire ? Et pourquoi était-elle si dangereuse ?

Clara se leva de son bureau, faisant les cent pas dans son petit appartement. Elle savait qu'elle devait en apprendre davantage. Si cette "Vieille Affaire" était si cruciale, elle devait la découvrir, quoi qu'il en coûte. Mais où commencer ? Elle pourrait essayer de chercher dans les archives locales, ou peut-être contacter quelqu'un qui pourrait avoir accès à des informations plus confidentielles. Antoine pourrait l'aider, ou même Élise, si elles mettaient en commun leurs ressources.

Elle retourna au carnet, déterminée à trouver plus d'indices. Et ce fut en parcourant les dernières pages qu'elle trouva une autre note, écrite de manière plus soignée, comme si Sophie avait voulu s'assurer qu'elle soit lue :

"**Clara, si tu lis ceci, c'est que tu as trouvé le début. Va à la bibliothèque, cherche les dossiers de 1997. Tout commence là.**"

Clara sentit une décharge d'adrénaline parcourir son corps. Les dossiers de 1997. C'était une direction claire, enfin un indice concret à suivre. Mais cela soulevait encore plus de questions. Qu'était-il arrivé en 1997 qui pouvait être lié à ce qui se passait aujourd'hui ? Et pourquoi Sophie avait-elle été si impliquée dans cette affaire au point de risquer sa vie ?

Elle referma le carnet, se préparant mentalement à ce qui l'attendait. La bibliothèque publique de la ville avait une section consacrée aux archives, avec des journaux et des documents qui remontaient à plusieurs décennies. Si Sophie parlait de ces archives, alors c'est là que Clara devait aller.

Elle se rappela soudain que Sophie avait toujours dit que "les ombres révèlent la vérité que la lumière cache". Peut-être que cette affaire de 1997 avait été enterrée, oubliée par beaucoup, mais Sophie avait dû découvrir quelque chose qui ne pouvait rester caché. Quelque chose que d'autres préféraient garder dans l'ombre.

Clara jeta un coup d'œil à l'horloge. Il était encore tôt, mais elle savait qu'elle ne pourrait pas attendre. Chaque minute perdue lui semblait désormais cruciale. Elle enfila rapidement son manteau, glissa le carnet dans son sac, et sortit de son appartement avec une détermination renouvelée.

Elle ne savait pas exactement ce qu'elle allait trouver, mais elle savait que cela serait important. Et même si l'idée de fouiller dans une vieille affaire la remplissait d'appréhension, elle était prête à affronter la vérité, quelle qu'elle soit.

Parce que pour retrouver Sophie, pour comprendre ce qui s'était réellement passé, Clara était désormais prête à explorer les ombres du passé, à suivre les traces de cette affaire oubliée, et à dévoiler les secrets que d'autres avaient tenté de dissimuler.

19. La Vérité au Comptoir

Le bar était presque vide ce soir-là, les conversations habituellement animées s'étant réduites à des murmures sporadiques. Antoine Lavallée essuyait lentement des verres derrière le comptoir, ses pensées flottant autour des événements récents. Il était de plus en plus tourmenté par la culpabilité de ne pas avoir tout révélé à Élise et Clara, mais il savait qu'il devait en apprendre davantage avant de partager ce qu'il savait. Ce soir, il avait l'intention de faire un pas dans cette direction.

La clochette de la porte retentit, annonçant l'arrivée d'un nouveau client. Antoine leva les yeux pour voir **Paul Gérard**, un vieil ami de ses jours dans la police, entrer dans le bar. Paul avait pris une retraite anticipée après des années de service, mais il restait bien informé des affaires en cours et des rumeurs qui circulaient dans les cercles policiers. Antoine l'avait invité à boire un verre, prétextant une envie de rattraper le temps perdu, mais il avait en réalité un objectif bien précis en tête.

"Antoine, toujours fidèle à ton poste," dit Paul en s'asseyant sur un tabouret face au comptoir, un sourire fatigué aux lèvres.

"Paul, ça fait plaisir de te voir," répondit Antoine, lui servant un verre de whisky. "Comment tu te portes ?"

Paul hocha la tête en prenant une gorgée. "Pas mal, pas mal. La retraite est plus calme que je ne l'avais imaginé, mais je m'y fais. Et toi, comment ça va ? Toujours dans le milieu, je vois."

Antoine sourit, mais son esprit était déjà concentré sur ce qu'il devait demander. "Tu sais, j'ai entendu parler de quelque chose qui m'a un peu troublé récemment," commença-t-il prudemment. "Une ancienne amie à moi, Sophie Marchand... Elle a disparu, et je me demandais si tu avais entendu parler de ça."

Paul haussa un sourcil, posant son verre sur le comptoir. "Sophie Marchand ? Ça me dit quelque chose... Ah oui, elle tenait cette galerie, non ? Je me souviens que son nom est apparu dans quelques dossiers, mais je ne suis pas sûr des détails."

Antoine se pencha un peu plus près, son ton se faisant plus sérieux. "C'est exact. Mais avant de disparaître, elle menait apparemment une enquête personnelle. Je me demande si tu en sais un peu plus là-dessus. Quelque chose qui aurait pu la mettre en danger ?"

Paul sembla réfléchir un instant, ses yeux se plissant légèrement alors qu'il fouillait dans ses souvenirs. "Maintenant que tu le dis, il y a bien eu quelque chose. Sophie avait pris contact avec l'un de mes anciens collègues il y a quelques mois. Elle cherchait des informations sur une vieille affaire, quelque chose qui la préoccupait beaucoup, d'après ce que j'ai entendu."

Antoine sentit son cœur accélérer. C'était la confirmation qu'il attendait. "Quelle affaire, tu te souviens ?"

Paul hésita, prenant une autre gorgée de son verre avant de répondre. "Ça remonte à quelques années, dans les années 90 je crois. Une histoire compliquée, qui avait été étouffée. Officiellement, l'affaire avait été classée faute de preuves, mais il y avait toujours eu des rumeurs selon lesquelles certaines personnes haut placées avaient intérêt à ce que tout ça soit oublié."

Antoine fronça les sourcils. "Et Sophie aurait découvert quelque chose en lien avec ça ?"

"Je ne connais pas tous les détails, mais elle posait des questions qui dérangeaient. Mon collègue m'a dit qu'elle semblait convaincue qu'il y avait un lien entre cette affaire et des événements plus récents. Il l'a avertie de faire attention, mais elle était déterminée à aller jusqu'au bout."

Antoine serra les dents, le poids de la culpabilité pesant plus lourd que jamais. "Tu sais ce qui est arrivé ensuite ?"

Paul secoua la tête. "Je n'en ai plus entendu parler après ça. Mais si elle a fouillé dans cette vieille affaire, elle a peut-être attiré l'attention de gens qui ne voulaient pas que la vérité soit révélée. Tu sais comment ça marche, Antoine. Parfois, il vaut mieux laisser le passé là où il est."

Antoine resta silencieux un moment, absorbé par ses pensées. Sophie avait découvert quelque chose, quelque chose d'assez important pour la mettre en danger. Il se demanda si cette vieille affaire était la clé pour comprendre tout ce qui s'était passé. Mais en même temps, il savait qu'il ne pouvait plus se permettre de cacher la vérité à Élise et Clara.

"Paul, merci pour ces informations. Ça m'aide beaucoup," dit Antoine finalement, essayant de garder un ton neutre malgré le tourment qui le rongeait.

"Pas de problème, Antoine. Fais juste attention à où tu mets les pieds. Les vieilles histoires ont souvent des crocs bien aiguisés," répondit Paul en terminant son verre.

Antoine hocha la tête, sentant la gravité de ces mots. Alors que Paul quittait le bar, Antoine resta seul derrière le comptoir, perdu dans ses pensées. Il avait maintenant des éléments concrets sur lesquels s'appuyer, mais cela ne faisait qu'accentuer son dilemme. Devait-il partager ce qu'il venait d'apprendre avec Élise et Clara, ou continuer à mener sa propre enquête en solitaire ?

Il savait qu'il ne pouvait plus retarder l'inévitable. La vérité sur Sophie, sur cette vieille affaire, devait être révélée, même si cela signifiait affronter les démons du passé. Mais pour l'instant, il devait réfléchir à la meilleure manière de procéder, à comment protéger ceux qui comptaient sur lui tout en découvrant ce qui avait réellement conduit Sophie à disparaître.

Antoine se servit un verre, le portant à ses lèvres avec un soupir. La vérité était un fardeau, mais c'était un fardeau qu'il était désormais prêt à porter, quoi qu'il en coûte.

20. Les Mémoires d'un Artiste

Le crépuscule s'installait doucement sur la ville, enveloppant l'appartement d'Élise dans une lumière dorée et tamisée. Assise sur son canapé, un vieux carton à ses pieds, elle observait les lettres étalées devant elle, toutes envoyées par Sophie au fil des années. C'était un étrange mélange de souvenirs, de moments partagés à distance, de confidences échangées par écrit. Sophie avait toujours aimé l'écriture, préférant parfois poser ses pensées sur papier plutôt que de les exprimer à voix haute.

Élise n'avait pas relu ces lettres depuis des années, mais à mesure que l'enquête sur la disparition de Sophie progressait, elle avait ressenti le besoin de se plonger dans ces morceaux du passé, espérant y trouver quelque chose qui pourrait l'aider à comprendre ce qui s'était passé. Ces lettres, pensait-elle, pourraient révéler des indices que ni elle ni Clara n'avaient encore perçus.

Elle choisit une lettre au hasard, l'ouvrit avec précaution, et commença à lire.

"**Chère Élise,**

Je suis toujours en quête de ce que je veux vraiment dire à travers mes œuvres. Parfois, il me semble que je n'ai pas encore trouvé la vraie voix de mon art, comme si je n'avais fait que tâtonner dans le noir jusqu'ici. Mais je sens que quelque chose approche, une idée, un projet qui pourrait tout changer. Je ne sais pas encore ce que c'est, mais je le sens dans chaque fibre de mon être."

Les premières lettres étaient pleines de réflexions sur l'art, sur la quête de sens à travers la création. Sophie était toujours à la recherche d'une vérité profonde, quelque chose qui, pensait-elle, pourrait transcender le simple fait de peindre. C'était une quête qu'Élise avait toujours admirée chez elle, même si parfois, cela semblait un peu excessif, comme si Sophie portait sur ses épaules tout le poids du monde artistique.

Mais à mesure qu'Élise parcourait les lettres plus récentes, un changement de ton commençait à apparaître. Une obsession nouvelle semblait poindre dans les écrits de Sophie, une idée qui revenait de plus en plus fréquemment, et avec une intensité croissante.

Elle prit une lettre datant d'environ six mois avant la disparition de Sophie et la lut attentivement :

"Élise, je ne t'ai pas encore parlé de cette idée qui me hante, mais je crois que je suis sur quelque chose de bien plus grand que je ne l'aurais jamais imaginé. Ce n'est plus seulement une question d'art, c'est une question de vérité, de révélation. J'ai découvert des choses dans l'histoire de certains artistes oubliés, des récits qu'on a volontairement effacés, des noms qui n'existent plus dans les livres. Je pense qu'il y a une raison pour laquelle ces œuvres et ces artistes ont disparu. Quelque chose de plus profond, de plus sombre.

Je dois poursuivre cette enquête, même si cela me terrifie parfois. Il y a des forces qui ne veulent pas que la vérité émerge. Mais je sens que tout cela est lié, et je dois savoir ce qui se cache derrière."

Élise sentit une tension dans son estomac en lisant ces lignes. Il était clair que Sophie s'était impliquée dans quelque chose de bien plus dangereux que de simples recherches artistiques. Cette "vérité" qu'elle cherchait à dévoiler, cette enquête sur des artistes oubliés, semblait être au cœur de son obsession. Et cette obsession, réalisait Élise, avait probablement joué un rôle crucial dans sa disparition.

Elle continua à fouiller dans les lettres, cherchant à mieux comprendre ce que Sophie avait découvert. Dans une autre lettre, encore plus récente, Sophie semblait plus agitée, presque paranoïaque :

"Les réponses sont si proches, Élise. Elles sont dans les archives, dans les vieilles œuvres que personne ne regarde plus. C'est là que réside le secret. Mais je dois faire attention. Je sens que je suis observée, suivie. Il y a des gens qui ne veulent pas que cette vérité voie le jour. Mais je ne peux plus reculer maintenant. Tu comprends, n'est-ce pas ? Cette histoire d'art perdue... elle est bien plus qu'une simple curiosité. Elle est une clé, et je dois la trouver."

Élise sentit son cœur se serrer. Sophie avait clairement découvert quelque chose qui l'avait poussé à se lancer dans une enquête personnelle, mais elle n'avait jamais parlé à Élise de ce sujet avec autant de détails en face. C'était à travers ces lettres que se révélait l'étendue de son obsession. Une vieille histoire d'artistes disparus, de secrets enfouis dans les archives. Et une peur constante d'être surveillée, traquée.

En lisant une dernière lettre, Élise tomba sur une phrase qui lui fit froid dans le dos :

"Élise, si jamais il m'arrive quelque chose, promets-moi de chercher dans mes œuvres. Elles détiennent la vérité, mais je ne peux pas l'expliquer maintenant. C'est là, caché, dans les détails que personne ne regarde."

Les mains tremblantes, Élise replia la lettre et la posa devant elle. Sophie savait qu'elle courait un danger. Et elle avait laissé des indices dans ses œuvres, des messages codés que seule une personne connaissant bien son art pourrait peut-être déchiffrer.

Elle réalisa alors que les tableaux disparus de la galerie n'avaient pas été volés par hasard. Ils devaient contenir des éléments clés, des réponses à cette vérité que Sophie avait poursuivie jusqu'à sa disparition. Mais comment décoder ces indices sans avoir les tableaux sous les yeux ?

Elle savait maintenant que cette vieille affaire dont Sophie avait parlé à Clara et à Antoine, et cette enquête personnelle sur des artistes oubliés, étaient au centre de tout. Le mystère s'épaississait, mais une chose était claire : Sophie avait tenté de révéler quelque chose que des forces puissantes voulaient garder caché. Et maintenant, Élise se retrouvait dans la même position, avec la lourde responsabilité de continuer cette quête.

Elle devait en parler à Clara et à Antoine, leur dire ce qu'elle avait découvert. Mais elle devait aussi suivre la piste des œuvres de Sophie, retrouver ces tableaux disparus et comprendre ce qu'ils essayaient de dire.

Le poids de cette responsabilité pesait lourd sur ses épaules, mais Élise savait qu'elle ne pouvait plus reculer. La vérité était là, quelque part, enfouie dans les œuvres de Sophie, dans ces mémoires d'artiste que personne n'avait encore déchiffrées. Et Élise se promettait de ne pas abandonner tant qu'elle n'aurait pas trouvé ce que son amie avait tenté de révéler, même si cela signifiait s'aventurer elle aussi dans les ombres du passé.

21. Le Point de Non-Retour

Clara fixait le carnet de Sophie, posé devant elle sur la table de son petit appartement. Depuis qu'elle avait commencé à décrypter les notes laissées par Sophie, un sentiment d'urgence n'avait cessé de grandir en elle. Les découvertes qu'elle avait faites la hantaient : la vieille affaire liée à des artistes oubliés, les secrets enfouis dans des archives poussiéreuses, et surtout, l'impression croissante que quelque chose de beaucoup plus sinistre se cachait derrière la disparition de son amie.

Le dilemme qui la tourmentait était simple en apparence, mais complexe dans ses implications. Devait-elle partager ce qu'elle avait découvert avec Élise et Antoine, ou continuer à enquêter seule ? Clara savait que ses deux amis avaient eux aussi des pièces du puzzle, des informations cruciales qui pourraient éclaircir ce mystère. Mais elle se demandait si elle pouvait vraiment leur faire confiance, ou si ses découvertes étaient trop dangereuses pour être partagées sans discernement.

Assise dans la pénombre, le silence de la nuit pesant autour d'elle, Clara se sentait de plus en plus isolée. Elle avait toujours été indépendante, préférant souvent résoudre ses problèmes seule plutôt que de demander de l'aide. Mais cette situation était différente. Elle avait l'impression d'être prise dans une toile complexe, où chaque mouvement risquait de la piéger davantage. Pourtant, l'idée de s'ouvrir à Élise et Antoine, de leur révéler ce qu'elle savait, l'effrayait. Que se passerait-il s'ils ne la comprenaient pas, ou pire, s'ils la trahissaient involontairement en divulguant ces informations ?

Alors qu'elle luttait avec ces pensées, son téléphone vibra sur la table, brisant le silence oppressant de la pièce. Le cœur battant, Clara prit l'appareil et découvrit un message d'un numéro inconnu :

"Arrête de chercher. Tu es déjà allée trop loin."

Clara sentit une vague de panique la submerger. Ce message confirmait ses craintes : quelqu'un surveillait ses mouvements, connaissait ses découvertes. Et cette personne ne voulait clairement pas qu'elle aille plus loin. Mais pourquoi l'avertir au lieu de passer à l'action ? Ce message n'était-il qu'une tentative d'intimidation, ou était-ce un dernier avertissement avant quelque chose de plus grave ?

Ses mains tremblaient alors qu'elle reposait le téléphone. Le moment de faire un choix était arrivé. Elle ne pouvait plus rester indécise. Ce message prouvait que continuer seule la mettait en danger, mais cela signifiait aussi qu'elle devait absolument trouver la vérité, et vite. Partager ce qu'elle savait pourrait la protéger, mais cela pourrait aussi entraîner Élise et Antoine dans cette spirale dangereuse.

Elle réfléchit à tout ce qu'elle avait découvert : les dossiers de 1997, les archives qu'elle devait encore fouiller, les notes de Sophie qui pointaient toutes vers un même but. Clara savait que Sophie avait été prise dans une affaire bien plus grande qu'elle ne l'avait imaginé au début, et maintenant, elle se trouvait dans la même position.

Au moment où elle se levait pour prendre une décision, un bruit soudain à la porte la fit sursauter. Trois coups nets, suivis d'un silence lourd de tension. Clara se figea, l'esprit en alerte. Qui pouvait être là, à cette heure ? La peur serra sa poitrine, mais elle savait qu'elle ne pouvait pas rester là, immobile.

Elle s'approcha lentement de la porte, son cœur battant à tout rompre, et demanda d'une voix tremblante : "Qui est là ?"

"Clara, c'est moi, Antoine. Je dois te parler, c'est urgent."

La voix d'Antoine, habituellement si calme, était empreinte de stress, presque de panique. Clara hésita un instant, l'esprit tourmenté par les doutes. Elle savait que c'était le moment de décider : ouvrir la porte et partager ce qu'elle savait, ou le renvoyer, continuant seule son enquête.

Finalement, elle prit une profonde inspiration et déverrouilla la porte, permettant à Antoine d'entrer. Il avait l'air épuisé, les traits tirés par une angoisse palpable.

"Qu'est-ce qui se passe ?" demanda-t-elle, la voix à peine audible.

Antoine ferma la porte derrière lui et se tourna vers elle, l'air grave. "Je viens d'apprendre quelque chose qui change tout. Sophie menait une enquête bien plus dangereuse que nous ne le pensions. Elle était sur une vieille affaire, un dossier que certains veulent garder enterré à tout prix. Je ne pouvais pas te laisser seule avec ça, Clara. Nous devons travailler ensemble, maintenant."

Les mots d'Antoine firent écho à ses propres découvertes. Il était au courant, au moins en partie, de ce qu'elle avait découvert. Ce qui signifiait qu'elle n'avait plus le luxe de l'isolement. L'heure des décisions était arrivée, et avec ce qu'elle savait maintenant, elle ne pouvait plus reculer.

Clara hocha la tête, sentant le poids de sa décision se poser sur ses épaules. "Je sais de quoi tu parles. J'ai trouvé des indices aussi. Des choses que Sophie a laissées derrière elle. Nous devons tout mettre en commun, et nous devons le faire vite."

Antoine la regarda avec une intensité nouvelle, comprenant que le moment était critique. "Alors faisons-le. Parce que si nous ne découvrons pas la vérité, personne ne le fera."

Clara prit une autre inspiration, se préparant mentalement à ce qui allait suivre. Le point de non-retour était atteint. Désormais, elle n'était plus seule dans cette quête, mais cela signifiait aussi que les risques étaient partagés. Elle n'avait plus le choix : pour Sophie, pour eux, ils devaient aller jusqu'au bout, ensemble.

Elle ouvrit le carnet de Sophie devant Antoine et commença à lui montrer ce qu'elle avait découvert. À cet instant, Clara sut qu'ils étaient tous les deux engagés sur un chemin dont ils ne pourraient plus se détourner. Et quelle que soit la vérité qui les attendait au bout, ils étaient déterminés à la découvrir, ensemble.

22. Le Retour du Passé

Antoine se réveilla ce matin-là avec une sensation étrange, un pressentiment qui ne le quittait pas depuis qu'il avait parlé à Clara la veille. Il avait l'impression que quelque chose se préparait dans l'ombre, quelque chose qu'il ne pouvait pas encore cerner. Alors qu'il sortait du lit, il se rappela les mots de Clara, les indices qu'elle avait découverts dans le carnet de Sophie, et il se demanda s'ils avaient enfin mis le doigt sur la vérité ou s'ils étaient simplement tombés dans un piège plus grand encore.

Après une douche rapide, Antoine se dirigea vers la cuisine pour se préparer un café. C'est en ouvrant la porte pour récupérer son journal du matin qu'il trouva une enveloppe brune, posée discrètement sur son paillasson. Elle n'avait ni timbre, ni adresse de retour, rien qui puisse indiquer son origine. Son nom était simplement écrit en lettres majuscules sur le devant.

Un frisson lui parcourut l'échine. Antoine regarda autour de lui, comme si l'expéditeur pouvait encore se trouver dans les parages, puis ramassa l'enveloppe avec une certaine appréhension. Il referma la porte derrière lui et retourna à la table de la cuisine, le cœur battant plus fort que de raison.

L'enveloppe était lourde, comme si elle contenait plus que quelques feuilles de papier. Il l'ouvrit prudemment, les mains légèrement tremblantes, et en sortit un dossier épais, ainsi qu'une lettre manuscrite. Antoine la déplia et lut les premières lignes, sentant immédiatement la panique monter en lui.

"**Antoine,**

Tu penses pouvoir échapper à ton passé, mais certains secrets ne meurent jamais. Regarde dans ce dossier et souviens-toi de ce que tu as fait. Souviens-toi de ce que tu as essayé de cacher. Sophie a découvert plus qu'elle n'aurait dû. Si tu continues à fouiller, tu risques de te brûler."

Le message était froid, menaçant. Antoine sentit le sang se retirer de son visage. Qui pouvait bien connaître ces détails, ce passé qu'il avait tenté d'enfouir ? Et pourquoi maintenant ? Il savait que l'expéditeur voulait le déstabiliser, mais l'idée que quelqu'un soit au courant de ce qu'il avait fait le terrifiait plus qu'il ne voulait l'admettre.

Les mains tremblantes, il ouvrit le dossier. À l'intérieur, il trouva des copies de vieux documents, des rapports de police, des extraits de journaux, tous liés à une affaire qu'il avait traitée dans les premières années de sa carrière. C'était une affaire délicate, une enquête qui avait mal tourné, impliquant des personnes puissantes. À l'époque, Antoine avait été contraint de prendre certaines décisions qu'il regrettait profondément, mais qu'il croyait avoir laissées derrière lui.

L'affaire concernait la disparition d'un homme d'affaires influent, lié à des activités criminelles, mais dont les preuves avaient été mystérieusement effacées. Antoine avait été chargé de l'enquête, mais il avait rapidement compris que des forces plus grandes jouaient en coulisse. Des preuves avaient été manipulées, des témoins avaient disparu, et Antoine s'était retrouvé face à un dilemme moral insupportable. Poussé par la pression de ses supérieurs, il avait fermé les yeux sur certaines évidences et contribué à enterrer l'affaire, officiellement classée sans suite.

Cette affaire avait hanté Antoine pendant des années, mais il avait fini par l'enterrer au fond de sa mémoire, essayant de vivre avec les choix qu'il avait faits. Mais maintenant, cette lettre anonyme, ce dossier... C'était comme si le passé revenait le hanter avec une vengeance, menaçant de tout détruire.

Le lien avec Sophie lui sembla soudain évident. Si elle avait découvert cette vieille affaire, si elle avait commencé à fouiller dans des archives oubliées, elle aurait pu tomber sur des éléments compromettants. Et si elle avait été assez perspicace pour relier ces éléments à Antoine, alors il n'était pas surprenant qu'elle ait fini par disparaître. Mais cela signifiait aussi qu'elle était peut-être en danger à cause de lui, à cause de ce qu'il avait tenté de cacher toutes ces années.

Antoine se passa une main sur le visage, essayant de calmer la panique qui montait en lui. Il savait qu'il devait réfléchir rapidement, qu'il devait trouver un moyen de protéger ceux qu'il aimait et de découvrir qui se cachait derrière cette menace. Mais cela signifiait aussi qu'il devait enfin affronter son passé, affronter les conséquences de ses actions.

Il relut la lettre, cherchant des indices sur l'identité de l'expéditeur, mais il n'y avait rien de concret. Le message était clair, cependant : il devait cesser de chercher, ou les secrets qu'il avait gardés enfouis referaient surface de la manière la plus destructrice possible.

Antoine savait qu'il ne pouvait pas ignorer cet avertissement, mais il ne pouvait pas non plus reculer maintenant. Il était trop impliqué, et trop de vies étaient en jeu. Il devait en parler à Élise et Clara, leur dire la vérité sur cette vieille affaire et sur ce qui pourrait les attendre. Mais comment leur avouer qu'il avait été complice d'une injustice, qu'il avait choisi de se taire au lieu de se battre pour la vérité ?

Il inspira profondément, sentant le poids de sa décision peser sur lui. Il n'avait plus le choix. Le passé était revenu, et il devait l'affronter, avec toutes les conséquences que cela impliquait. Parce qu'il savait que tant qu'il ne faisait pas face à ses démons, il ne pourrait jamais vraiment aider Élise et Clara à découvrir ce qui était arrivé à Sophie.

Antoine referma le dossier, son visage marqué par la détermination. Il se préparait à affronter l'inévitable. La vérité, même celle qu'il avait tenté d'enterrer, devait être révélée. Parce qu'à ce stade, c'était le seul moyen de sauver ce qui pouvait encore l'être.

23. Le Pacte

La nuit était tombée sur la ville, apportant avec elle une certaine sérénité, mais aussi un sentiment de gravité qui pesait sur les épaules d'Élise, Antoine, et Clara. Ils s'étaient réunis dans l'appartement d'Élise, un lieu familier et réconfortant malgré l'ombre de mystère qui planait sur eux. Les événements récents les avaient rapprochés, mais ils savaient que pour aller plus loin, ils devaient franchir une étape supplémentaire : unir leurs forces, croiser leurs informations, et former un véritable pacte.

Assis autour de la table du salon, les trois amis se regardaient en silence, chacun portant le poids de ses propres secrets, de ses propres découvertes. Antoine savait qu'il était temps de tout avouer, de partager ce qu'il avait reçu ce matin-là. Élise et Clara, quant à elles, avaient chacune des pièces du puzzle qu'elles n'avaient pas encore dévoilées.

"Je pense qu'on est tous conscients que les choses ont pris une tournure bien plus sombre que ce qu'on imaginait au départ," commença Élise, brisant le silence. Sa voix était calme, mais ferme, déterminée. "Si on veut vraiment comprendre ce qui est arrivé à Sophie, on doit être honnêtes les uns avec les autres. On doit tout se dire, sans rien cacher."

Clara hocha la tête, les mains posées sur le carnet de Sophie qu'elle avait apporté avec elle. "Je suis d'accord. J'ai trouvé des indices, des choses que Sophie a laissées derrière elle, mais je n'ai pas encore tout dit. J'avais peur que ça mette les autres en danger."

Antoine, sentant le poids de la lettre anonyme dans sa poche, prit une profonde inspiration. "Je dois aussi vous avouer quelque chose," dit-il, la voix légèrement tremblante. "Ce matin, j'ai reçu une lettre. Une lettre qui m'a rappelé une vieille affaire dans laquelle j'ai été impliqué. Je pense que Sophie a découvert des liens avec cette affaire, et je crois que c'est l'une des raisons pour lesquelles elle a disparu."

Élise et Clara tournèrent immédiatement leur attention vers lui, la surprise et l'inquiétude se lisant sur leurs visages. Antoine sortit l'enveloppe de sa poche et la posa sur la table. "Il y a des documents à l'intérieur, des copies de vieux rapports de police. Des choses que j'avais espéré laisser derrière moi, mais qui semblent être revenues pour nous hanter."

Clara ouvrit l'enveloppe et feuilleta rapidement les documents, ses sourcils se fronçant à mesure qu'elle parcourait les pages. "C'est une vieille enquête," murmura-t-elle, les yeux fixés sur les papiers. "Sophie a mentionné quelque chose de similaire dans ses notes. Elle était sur une piste, une affaire qui impliquait des artistes disparus, des dossiers classés sans suite."

Antoine sentit une boule se former dans son estomac. "Cette enquête a été enterrée parce que des gens puissants l'ont voulu. J'ai été forcé de jouer le jeu, de contribuer à cette mascarade. Mais si Sophie a découvert des choses qu'elle ne devait pas voir, alors elle a peut-être été ciblée à cause de ça."

Élise prit une profonde inspiration, essayant de rassembler ses pensées. "Sophie a laissé des indices dans ses œuvres, des messages cachés. J'ai trouvé des lettres où elle parle de cette obsession, de cette enquête qui l'a conduite à découvrir des secrets dangereux. Si elle a croisé cette vieille affaire avec ses recherches, alors tout commence à prendre un sens."

Clara releva les yeux du dossier. "Nous devons croiser toutes nos informations. Si nous unissons ce que nous avons découvert, nous pourrons peut-être reconstituer le puzzle et trouver la vérité sur ce qui est arrivé à Sophie."

Antoine acquiesça, sentant une nouvelle détermination naître en lui. "Nous devons faire un pacte, ici et maintenant. Nous promettons de ne plus rien cacher, de partager chaque découverte, chaque indice, et de nous protéger mutuellement. Parce que ce que nous affrontons est bien plus grand que nous ne le pensions."

Élise, Antoine, et Clara échangèrent un regard lourd de sens, chacun comprenant la gravité de la situation. Ce pacte, cette promesse, les liait désormais dans une quête commune, une quête dangereuse qui pourrait les mener vers des vérités cachées depuis trop longtemps.

"Je suis d'accord," déclara Élise, posant une main sur la table. "Nous devons nous unir et affronter cette histoire ensemble."

Clara fit de même, sa main rejoignant celle d'Élise. "Pour Sophie, et pour nous-mêmes. Nous devons savoir ce qui s'est passé, et nous devons nous protéger."

Antoine posa à son tour sa main sur celles de ses amies. "Nous sommes d'accord. Plus de secrets, plus de mensonges. Nous découvrirons la vérité, quoi qu'il en coûte."

Ils restèrent un moment ainsi, les mains jointes, le silence s'installant à nouveau, mais cette fois rempli d'une nouvelle détermination. Le pacte était scellé, et il n'y avait plus de retour en arrière. Ensemble, ils allaient affronter les ombres du passé, croiser leurs informations, et poursuivre leur enquête jusqu'à ce qu'ils découvrent ce qui était arrivé à Sophie.

Et maintenant, avec ce pacte en place, ils étaient prêts à affronter tout ce qui se dressait sur leur chemin. Parce que, pour la première fois depuis longtemps, ils savaient qu'ils n'étaient plus seuls dans cette quête. Et c'était là leur plus grande force.

24. La Piste de l'Exposition

Le lendemain de leur pacte, Élise, Antoine, et Clara se retrouvèrent dans un petit café près du centre-ville. La nuit précédente avait été longue, marquée par l'échange d'informations et la mise en commun de toutes les pièces du puzzle qu'ils avaient collectées jusque-là. Mais malgré leur détermination, il leur manquait encore des éléments cruciaux pour comprendre ce qui était arrivé à Sophie. Cependant, une nouvelle piste venait de surgir : une exposition d'art annulée mystérieusement peu de temps avant sa disparition.

Clara, qui avait passé la nuit à fouiller dans les archives et les notes de Sophie, avait découvert une mention répétée d'une exposition prévue qui semblait être d'une grande importance pour Sophie. Cette exposition, prévue pour quelques jours seulement avant sa disparition, était décrite par Sophie comme un moment charnière, où elle prévoyait de révéler quelque chose de capital.

"J'ai trouvé plusieurs références à cette exposition dans le carnet de Sophie," expliqua Clara, les yeux fixés sur les notes qu'elle avait prises. "Elle y mentionne quelque chose qu'elle allait présenter, une œuvre ou peut-être une série d'œuvres qui devaient dévoiler une vérité importante. Mais tout semble avoir été annulé à la dernière minute."

Élise, assise en face d'elle, fronça les sourcils. "Annulée ? Tu veux dire que l'exposition n'a jamais eu lieu ?"

Clara hocha la tête. "Exactement. J'ai vérifié auprès de la galerie où elle était censée avoir lieu, et ils ont confirmé qu'elle avait été annulée sans explication. Ils ont simplement reçu un message de Sophie disant qu'elle ne pouvait pas présenter ses œuvres, et qu'elle annulait tout."

Antoine, qui écoutait attentivement, se redressa sur sa chaise. "Cela ressemble à quelque chose de plus qu'une simple annulation de dernière minute. Si Sophie avait découvert quelque chose d'important, elle aurait peut-être été forcée de se retirer."

Élise réfléchit un moment, jouant nerveusement avec sa tasse de café. "Sophie n'était pas du genre à reculer face à l'adversité. Si elle avait prévu de révéler quelque chose, elle aurait tout fait pour aller jusqu'au bout. Il faut qu'il y ait eu une raison sérieuse pour qu'elle annule cette exposition."

Clara sortit une coupure de presse qu'elle avait trouvée parmi les documents. "C'était censé être une petite exposition privée, mais elle avait réussi à attirer l'attention de quelques collectionneurs et critiques importants. L'un des articles mentionnait même que Sophie était sur le point de 'révéler une nouvelle facette de son travail, une vérité cachée dans ses œuvres.'"

Antoine prit la coupure de presse et la parcourut rapidement. "Une vérité cachée... Cela semble être en ligne avec tout ce qu'elle a laissé derrière elle. Mais pourquoi aurait-elle annulé si elle voulait justement dévoiler cette vérité ?"

Clara réfléchit un instant avant de répondre. "Et si quelqu'un l'avait menacée ? Ou pire, si elle avait découvert quelque chose d'encore plus grave qui l'aurait poussé à se cacher plutôt qu'à exposer ?"

Élise acquiesça, une sombre résolution se dessinant sur son visage. "Si cette exposition était la clé, alors nous devons savoir ce qu'elle comptait y présenter. Les œuvres qu'elle devait montrer ce jour-là pourraient contenir les indices dont nous avons besoin."

Antoine se redressa, un plan se formant déjà dans son esprit. "Nous devons retourner à la galerie. Si Sophie a annulé l'exposition à la dernière minute, il est possible que ses œuvres soient encore quelque part, peut-être dans les coulisses, ou dans une réserve."

Clara sortit son téléphone, prête à prendre contact avec la galerie. "Je peux appeler et demander si on peut accéder aux œuvres. Si elles sont encore là, il faut qu'on les voit."

Élise regarda Antoine et Clara, sentant la gravité du moment. "Nous savons que Sophie voulait révéler quelque chose d'important, et cette exposition était son moyen de le faire. Si nous pouvons retrouver ces œuvres, peut-être que nous pourrons enfin comprendre ce qu'elle avait découvert."

Clara passa un coup de fil rapide à la galerie, expliquant leur situation et demandant l'accès aux œuvres de Sophie. Après quelques minutes de discussion, elle raccrocha et se tourna vers les autres, un sourire déterminé sur les lèvres. "Ils sont d'accord pour nous laisser entrer. Apparemment, les œuvres de Sophie sont toujours dans la réserve, non cataloguées. Nous pouvons y aller dès maintenant."

Antoine se leva, prêt à partir. "C'est peut-être notre meilleure chance de comprendre ce qui s'est passé. Si ces œuvres contiennent des indices, nous devons les trouver."

Ils quittèrent le café ensemble, se dirigeant vers la galerie avec une détermination renouvelée. Le vent frais de la soirée les enveloppait, ajoutant une urgence à leur démarche. Ils savaient qu'ils approchaient peut-être enfin de la vérité, mais ils savaient aussi que cette vérité pouvait être plus dangereuse que ce qu'ils avaient imaginé.

En arrivant à la galerie, ils furent accueillis par le propriétaire, un homme au visage grave qui semblait comprendre l'importance de leur visite. Il les conduisit à travers la galerie vide, jusqu'à une petite porte à l'arrière qui menait à la réserve.

"Les œuvres de Sophie sont ici," dit-il en ouvrant la porte. "Elles n'ont pas été exposées comme prévu, mais je les ai gardées dans l'espoir qu'un jour, elle reviendrait les récupérer."

Élise, Antoine, et Clara pénétrèrent dans la pièce, leurs regards se posant sur les toiles couvertes de draps. Ils savaient que ce qu'ils allaient découvrir pourrait changer le cours de leur enquête, mais ils étaient prêts à tout affronter pour enfin connaître la vérité.

Clara s'approcha de la première toile, retirant délicatement le drap qui la couvrait. Une fois dévoilée, la peinture révéla une scène sombre, presque cauchemardesque, où des figures abstraites semblaient émerger de l'ombre, comme si elles tentaient de percer un secret profondément enfoui. Le message de Sophie était clair : ces œuvres étaient bien plus que de simples tableaux. Elles étaient la clé de ce qu'elle avait découvert, de ce qu'elle avait voulu révéler au monde.

Antoine s'approcha à son tour, ses yeux scrutant chaque détail, chaque coup de pinceau. "Nous devons analyser chaque œuvre, chaque détail. Si Sophie a caché des messages ici, c'est à nous de les découvrir."

Élise sentit son cœur battre plus fort. Elle savait qu'ils étaient proches de la vérité, que cette exposition annulée détenait les réponses qu'ils cherchaient. Ils allaient enfin savoir ce qui était arrivé à Sophie, et pourquoi elle avait été réduite au silence.

Mais au fond d'elle, une autre question restait en suspens : étaient-ils prêts à découvrir la vérité, aussi sombre soit-elle ?

Ils se mirent au travail, déterminés à percer le mystère des œuvres de Sophie, tout en sachant que chaque révélation les rapprochait du moment où ils ne pourraient plus faire marche arrière. La piste de l'exposition les avait conduits jusqu'ici, et il était désormais temps de découvrir ce que Sophie avait tenté de leur dire.

25. Les Ombres du Musée

La galerie était plongée dans une atmosphère feutrée, ses murs silencieux réverbérant légèrement les pas d'Élise alors qu'elle avançait prudemment dans les couloirs. Après avoir examiné les œuvres de Sophie dans la réserve, une nouvelle piste s'était imposée à eux : il manquait des toiles. Celles qui avaient été exposées brièvement avant l'annulation de l'exposition étaient introuvables, et cela n'avait fait qu'accroître leur détermination à comprendre ce qui s'était réellement passé.

C'était cette piste qui avait conduit Élise au musée adjacent à la galerie, un endroit prestigieux où l'exposition annulée de Sophie aurait dû se tenir. Selon leurs informations, un catalogue avait été préparé pour l'événement, répertoriant toutes les œuvres qui devaient être exposées. Si certaines de ces œuvres étaient absentes de la réserve, alors ce catalogue pourrait être la clé pour comprendre ce qui manquait.

Élise avait réussi à obtenir un accès au musée sous prétexte de faire des recherches pour une rétrospective. Le personnel, peu nombreux en cette fin de journée, ne semblait pas se méfier d'elle, et elle profita de cette liberté pour explorer discrètement les lieux.

Après quelques minutes de recherche, elle arriva dans une petite salle réservée aux archives du musée. Les murs étaient couverts d'étagères remplies de dossiers et de catalogues d'expositions passées. C'était ici qu'elle espérait trouver le document dont elle avait besoin.

Elle commença à fouiller dans les dossiers, ses doigts glissant sur les reliures poussiéreuses. Enfin, après plusieurs minutes, elle trouva ce qu'elle cherchait : un dossier étiqueté **"Exposition Sophie Marchand - Catalogue 2023."**

Le cœur battant, elle sortit le dossier et s'assit à une petite table, ouvrant le catalogue avec précaution. Les premières pages étaient remplies d'introductions et de descriptions des œuvres de Sophie, louant son talent et son engagement à travers l'art. Mais ce n'était pas cela qu'Élise cherchait. Elle tourna les pages jusqu'à ce qu'elle tombe sur la liste des œuvres qui devaient être exposées.

C'était là. Une liste détaillée de toutes les toiles, sculptures, et installations que Sophie avait prévu de montrer. Mais alors qu'Élise parcourait la liste, quelque chose attira son attention : plusieurs œuvres étaient marquées comme "non présentées" ou "retirées". Pourtant, ces mêmes œuvres n'étaient pas dans la réserve qu'ils avaient fouillée plus tôt.

Un frisson lui parcourut l'échine. Pourquoi ces œuvres spécifiques avaient-elles été retirées du catalogue, mais pas mentionnées dans les archives du musée ni trouvées dans la réserve ? Cela signifiait probablement que ces œuvres avaient été déplacées ailleurs, ou pire, qu'elles avaient été cachées.

Élise continua à parcourir le catalogue, notant les titres des œuvres manquantes : **"Les Ombres de la Vérité"**, **"La Nuit des Révélations"**, **"Le Masque de l'Oubli"**. Les titres eux-mêmes semblaient chargés de sens, presque comme des indices laissés par Sophie. Chaque titre suggérait une exploration de thèmes sombres et cachés, des vérités enfouies que Sophie avait peut-être voulu révéler à travers son art.

Mais pourquoi ces œuvres avaient-elles été retirées ? Et où étaient-elles maintenant ? Élise savait qu'elle touchait à quelque chose de crucial. Ces œuvres pouvaient contenir les réponses qu'ils cherchaient depuis le début, les clés pour comprendre ce qui avait conduit à la disparition de Sophie.

Elle referma le catalogue, essayant de garder son calme malgré la tension qui montait en elle. Il fallait qu'elle retrouve ces œuvres. Si elles avaient été retirées du musée, cela voulait dire que quelqu'un avait voulu les cacher, peut-être pour empêcher la vérité de sortir.

Avant de quitter la salle, Élise prit une dernière inspiration et glissa le catalogue sous son bras. Elle savait qu'elle prenait un risque en emportant ce document, mais elle n'avait pas le choix. Ce catalogue pourrait être la preuve dont ils avaient besoin pour poursuivre leur enquête.

Alors qu'elle se dirigeait vers la sortie, Élise sentit une présence derrière elle, comme si quelqu'un l'observait. Elle se retourna rapidement, mais le couloir était vide. Pourtant, l'impression d'être suivie ne la quitta pas.

Accélérant le pas, elle quitta le musée en essayant de rester calme. Dehors, la nuit était tombée, et le froid mordant de l'hiver lui piqua la peau. Elle s'éloigna rapidement du musée, se dirigeant vers le point de rendez-vous convenu avec Antoine et Clara.

Quand elle les rejoignit, elle leur montra le catalogue et leur expliqua ce qu'elle avait découvert. Antoine prit le document et le feuilleta avec attention, tandis que Clara restait silencieuse, absorbée par les révélations.

"Ces œuvres manquantes... elles sont la clé, n'est-ce pas ?" demanda Clara, la voix pleine de gravité.

Élise hocha la tête. "Oui, je le crois. Si nous pouvons retrouver ces œuvres, nous pourrons peut-être enfin comprendre ce que Sophie a voulu révéler, et pourquoi elle a été réduite au silence."

Antoine referma le catalogue, son expression déterminée. "Nous devons trouver ces œuvres. Elles sont la dernière pièce du puzzle."

Clara ajouta doucement : "Mais si quelqu'un a voulu les cacher, cela signifie que nous ne sommes pas les seuls à les chercher."

Élise sentit un frisson lui parcourir l'échine à cette pensée. Ils n'étaient plus seuls dans cette quête, et ils savaient que le danger ne faisait que croître. Mais maintenant qu'ils étaient si proches de la vérité, ils ne pouvaient plus reculer.

Ils décidèrent de se séparer pour suivre différentes pistes, chacun déterminé à retrouver les œuvres manquantes. Car ils savaient qu'à travers ces toiles, se cachait la vérité que Sophie avait tenté de dévoiler, une vérité qui pourrait bien changer le cours de leurs vies à jamais.

26. Le Miroir de la Vérité

Clara se tenait dans son appartement faiblement éclairé, entourée par les œuvres de Sophie qu'ils avaient réussi à récupérer. Depuis qu'Élise avait ramené le catalogue de l'exposition annulée, Clara s'était plongée dans l'étude minutieuse de chaque toile, cherchant des indices, des détails cachés qui pourraient révéler ce que Sophie avait tenté de dire. Les titres des œuvres, comme **"Les Ombres de la Vérité"** et **"Le Masque de l'Oubli,"** la hantaient, suggérant que ces toiles n'étaient pas seulement des expressions artistiques, mais des messages codés, destinés à ceux qui savaient où regarder.

Au fil de ses recherches, Clara avait remarqué des motifs récurrents dans certaines des œuvres : des formes géométriques, des symboles énigmatiques, et surtout, des jeux subtils de lumière et d'ombre. Ces éléments semblaient être plus que de simples choix esthétiques ; ils semblaient indiquer un langage caché, un code que Sophie avait intégré dans ses peintures.

Une toile en particulier attira son attention ce soir-là. Intitulée **"Le Miroir de la Vérité,"** elle était l'une des œuvres mentionnées dans le catalogue, mais qui avait été mystérieusement retirée de l'exposition. Clara l'avait retrouvée, partiellement dissimulée derrière d'autres toiles, comme si quelqu'un avait voulu la cacher mais n'avait pas eu le temps de la faire disparaître complètement.

Clara s'approcha de la toile, examinant chaque détail. Le tableau représentait une scène énigmatique : une figure solitaire, debout devant un grand miroir, entourée de ténèbres. Dans le reflet du miroir, cependant, la scène était différente. Le miroir montrait un paysage lumineux, une sorte de monde inversé où la vérité semblait se révéler uniquement dans l'image réfléchie.

Plus Clara observait, plus elle remarquait des détails troublants. Dans le reflet du miroir, des symboles apparaissaient discrètement parmi les éclats de lumière, comme des fragments d'un message codé.

Mais ce qui retint particulièrement son attention, c'était une inscription presque invisible, gravée dans la peinture elle-même, juste à l'endroit où le miroir rencontrait le cadre.

Elle se pencha, plissant les yeux pour déchiffrer les lettres minuscules. **"Cherche dans la lumière ce que l'ombre dissimule."**

Clara sentit son cœur s'accélérer. C'était un message clair, laissé par Sophie pour ceux qui trouveraient la toile. Mais que signifiait-il exactement ? Que devait-elle chercher dans cette lumière ? Et que dissimulait l'ombre ?

Elle retourna à ses notes, cherchant à comprendre ce que Sophie avait voulu dire. **"Cherche dans la lumière ce que l'ombre dissimule."** Le miroir était clairement la clé. Le reflet dans le tableau montrait une autre réalité, une vérité cachée que la figure sombre ne pouvait voir directement.

Clara se rappela alors les autres tableaux qu'elle avait examinés. Certains d'entre eux utilisaient des techniques similaires de jeu de lumière, mais jamais aussi explicitement que celui-ci. Peut-être que Sophie avait voulu que ce tableau soit un guide, un moyen de comprendre comment lire ses autres œuvres.

Mais pour le moment, elle devait se concentrer sur celui-ci. Elle se rappela une technique que Sophie utilisait parfois pour révéler des détails cachés dans ses peintures : la lumière noire. Il lui fallait vérifier si ce tableau cachait des messages supplémentaires invisibles à l'œil nu.

Sans perdre de temps, Clara sortit une petite lampe de poche équipée d'une lumière noire, un outil qu'elle avait souvent utilisé pour examiner les œuvres d'art. Elle éteignit la lumière principale de la pièce, plongeant l'appartement dans l'obscurité, puis alluma la lumière noire, la dirigeant lentement vers le tableau.

Au début, rien ne se produisit, mais alors qu'elle passait la lumière le long du miroir peint, quelque chose apparut. Des mots, écrits en peinture fluorescente, brillèrent soudain sur la surface du miroir dans le tableau, révélant un message que personne ne pouvait voir à moins de connaître cette technique.

"La vérité est cachée dans les archives du passé, où la lumière ne peut pénétrer. La clé est le reflet, non la réalité."

Clara sentit un frisson lui parcourir l'échine. Sophie avait caché un message clair, un avertissement peut-être. Elle semblait dire que ce qu'ils cherchaient, la vérité derrière sa disparition, était caché quelque part dans les archives, dans des documents anciens que quelqu'un avait peut-être essayé d'enterrer. Et que le miroir, cette image réfléchie, était la clé pour comprendre cette vérité.

Mais que signifiait exactement "la clé est le reflet, non la réalité" ? Cela suggérait que pour comprendre ce qui s'était passé, ils ne devaient pas prendre les choses à leur valeur nominale. Ils devaient réfléchir, inverser leur perspective, peut-être même regarder ce que les autres avaient choisi d'ignorer ou de déformer.

Clara sut qu'elle devait en parler à Élise et Antoine immédiatement. Ils devaient fouiller les archives mentionnées, trouver ces documents cachés qui pourraient contenir les réponses qu'ils cherchaient. Mais ils devaient aussi être prudents. Si Sophie avait pris tant de précautions pour cacher ces messages, c'était parce qu'elle savait que quelqu'un voulait à tout prix empêcher la vérité d'émerger.

Elle prit des photos du tableau et du message révélé par la lumière noire, puis ralluma la lumière principale. L'urgence de la situation ne la quittait pas. Plus ils approchaient de la vérité, plus ils se rendaient compte que les dangers qu'ils affrontaient étaient bien réels.

Clara s'empara de son téléphone et composa le numéro d'Élise. "J'ai trouvé quelque chose," dit-elle dès qu'Élise répondit. "Un message caché dans l'un des tableaux de Sophie. Il parle d'archives, d'une vérité cachée... Nous devons nous retrouver immédiatement."

Élise acquiesça de l'autre côté du fil. "Rends-toi chez Antoine. Je vous y rejoindrai. Nous devons agir vite."

Clara rassembla ses affaires, son regard revenant une dernière fois sur le tableau. **"Le Miroir de la Vérité."** Sophie avait laissé des indices pour eux, mais elle savait aussi que la vérité ne serait pas facile à trouver. Elle prit une dernière inspiration, puis quitta son appartement, déterminée à aller jusqu'au bout.

Ils étaient sur le point de découvrir ce qui se cachait dans les ombres, et Clara savait que, quel que soit le danger, ils ne pouvaient plus reculer. Le miroir avait révélé une part de la vérité, et il était temps pour eux d'affronter le reflet de ce qu'ils avaient tenté de déterrer.

27. Les Silences Complices

Antoine se tenait devant la galerie, une petite bâtisse en briques située au cœur du quartier artistique de la ville. Le soleil déclinait à l'horizon, projetant des ombres longues et mélancoliques sur les façades des bâtiments environnants. La rue était étrangement calme, comme si le quartier entier retenait son souffle, en attente de quelque chose. Antoine savait qu'il était là pour découvrir ce que Sophie avait caché à tant de personnes, y compris à ceux qui la connaissaient le mieux.

Il avait pris rendez-vous avec **Henri Dubois**, un galeriste réputé qui avait travaillé avec Sophie à plusieurs reprises. Henri était connu pour être discret, presque mystérieux, un homme qui en savait toujours plus qu'il ne laissait paraître. Antoine espérait que cet entretien pourrait enfin lever le voile sur le projet personnel dont Sophie avait gardé le secret.

La clochette de la porte tinta doucement lorsqu'il entra dans la galerie. L'intérieur était sobrement décoré, les murs blancs ornés de quelques œuvres modernes, baignant dans une lumière tamisée qui donnait à l'endroit une atmosphère intimiste. Henri Dubois l'attendait derrière le comptoir, un homme d'une cinquantaine d'années, au visage finement sculpté par le temps, ses cheveux gris soigneusement coiffés.

"Antoine Lavallée, n'est-ce pas ?" dit Henri avec un sourire courtois en s'avançant pour lui serrer la main. "Merci d'être venu. J'ai entendu dire que vous vous intéressez à Sophie Marchand."

Antoine acquiesça en serrant la main du galeriste. "Oui, Henri. Je cherche à comprendre ce qui lui est arrivé. Elle travaillait sur quelque chose avant de disparaître, et je pense que vous pourriez m'aider à éclaircir certains points."

Henri hocha lentement la tête, son regard perçant sondant Antoine comme s'il essayait de deviner ses intentions. "Sophie était une artiste exceptionnelle, vous le savez. Mais elle avait aussi ses secrets. Nous en avons tous, n'est-ce pas ?"

Antoine sentit la tension dans les paroles d'Henri, comme si ce dernier pesait chaque mot avec soin. "Vous saviez qu'elle travaillait sur un projet personnel, quelque chose qu'elle gardait secret ?" demanda Antoine, entrant directement dans le vif du sujet.

Henri esquissa un léger sourire, un mélange de regret et d'admiration. "Sophie était une femme passionnée, parfois à l'excès. Elle travaillait sur un projet depuis plusieurs mois, quelque chose de très personnel, mais elle n'en parlait à personne. Du moins, pas ouvertement. Je savais qu'elle passait beaucoup de temps dans son atelier, plus que d'habitude. Elle était comme... absorbée par ce qu'elle faisait."

Antoine fronça les sourcils. "Elle ne vous en a jamais parlé ? Vous ne savez vraiment rien de ce projet ?"

Henri soupira et fit un geste en direction d'un coin de la galerie, où une petite salle était partiellement éclairée. "Elle m'a montré quelques croquis, des esquisses, mais c'était toujours en coup de vent, comme si elle avait peur que quelqu'un découvre ce qu'elle faisait. Je me suis toujours dit qu'elle travaillait sur quelque chose de grand, quelque chose qui allait peut-être changer la perception que nous avions d'elle, mais elle a toujours gardé le secret."

Antoine le suivit jusqu'à la petite salle. Sur une table, Henri avait posé un carnet de croquis, ouvert à une page où des esquisses complexes de formes géométriques et de visages abstraits se superposaient. Antoine reconnut immédiatement le style de Sophie, mais il y avait quelque chose de différent dans ces dessins, quelque chose de plus sombre, de plus intense.

"Elle travaillait souvent tard dans la nuit," continua Henri, sa voix légèrement plus basse. "Je lui ai demandé plusieurs fois si elle voulait en parler, si elle avait besoin d'aide pour organiser une exposition autour de ce projet, mais elle m'a toujours répondu que ce n'était pas encore le moment. Puis, elle a commencé à s'éloigner, à devenir plus secrète."

Antoine observa les croquis avec attention. "Et après, qu'est-ce qui s'est passé ?"

Henri hésita un instant avant de répondre. "Elle est venue me voir une dernière fois, peu de temps avant de... disparaître. Elle semblait nerveuse, plus que d'habitude. Elle m'a confié qu'elle sentait que quelque chose n'allait pas, qu'elle avait peut-être ouvert une porte qu'elle n'aurait pas dû. C'était la première fois que je la voyais aussi perturbée."

"Elle ne vous a rien dit de plus ? Aucun détail sur ce qu'elle avait découvert ?" insista Antoine, sentant que la vérité n'était pas loin.

Henri secoua la tête. "Non, rien de plus précis. Mais elle m'a laissé un message implicite. Elle m'a dit, et je me souviens de ses mots exacts : 'Henri, si jamais je disparais, il y aura des choses que tu ne comprendras pas, mais sache que c'était nécessaire. J'espère que tu comprendras un jour.'"

Antoine sentit un frisson lui parcourir l'échine. Ces mots étaient lourds de signification, comme si Sophie avait anticipé sa propre disparition, comme si elle savait que ce qu'elle cherchait la mettrait en danger.

Henri referma le carnet de croquis et le poussa vers Antoine. "Je pense que vous devriez l'avoir. Peut-être que vous y trouverez des réponses que je n'ai pas pu voir."

Antoine prit le carnet avec reconnaissance. "Merci, Henri. Ce que vous avez partagé est précieux."

Henri acquiesça, son regard se perdant dans les ombres de la galerie. "Prenez garde, Antoine. Sophie était une femme brillante, mais parfois, la quête de la vérité peut être une route dangereuse. Elle l'a appris à ses dépens."

Antoine quitta la galerie, le carnet de Sophie fermement tenu sous son bras. Il savait maintenant que Sophie travaillait sur un projet qui la passionnait au point de risquer sa propre sécurité. Elle avait découvert quelque chose, quelque chose de si important qu'elle avait gardé le secret jusqu'à la fin.

Mais quoi qu'il en coûte, Antoine se promit de découvrir ce que c'était. Pour Sophie, et pour tous ceux qui avaient été touchés par ce mystère. Il savait que le temps pressait, mais avec ce nouveau carnet en main, il se sentait plus proche de la vérité que jamais. Cependant, il restait conscient des dangers qui l'attendaient, des forces qui cherchaient à maintenir le silence.

Le retour vers son appartement fut marqué par un silence pesant, mais Antoine savait que ce silence ne durerait pas longtemps. Il était temps de déchiffrer les secrets que Sophie avait laissés derrière elle, de faire parler les ombres qui les entouraient, et de briser les silences complices qui avaient maintenu la vérité cachée.

28. La Chambre aux Secrets

Le crépuscule s'était installé sur la ville lorsque Clara, Élise, et Antoine se retrouvèrent devant l'atelier de Sophie. Le vent froid d'automne soufflait, soulevant des tourbillons de feuilles mortes sur leur passage. Ils étaient tous trois tendus, conscients que chaque nouveau pas dans cette enquête les rapprochait de la vérité, mais les plongeait également plus profondément dans un mystère qu'ils peinaient à comprendre.

Depuis les récentes découvertes—les œuvres manquantes, les messages codés, et les confessions du galeriste Henri—une nouvelle piste s'était dessinée. Sophie avait gardé quelque chose d'important, quelque chose de si secret qu'elle n'en avait jamais parlé à personne, pas même à ceux qui lui étaient les plus proches. Un carnet trouvé dans l'atelier de Sophie mentionnait une pièce qu'ils n'avaient pas encore explorée.

"Vous êtes sûrs que c'est ici ?" demanda Clara en frissonnant légèrement, ses yeux parcourant les contours sombres de l'atelier.

Antoine hocha la tête. "Le carnet mentionne un endroit dans l'atelier où elle aurait passé beaucoup de temps, mais que personne n'aurait connu. Un espace caché où elle travaillait en secret. Si Sophie a voulu cacher des choses, c'est ici qu'elle l'aurait fait."

Élise prit une profonde inspiration et poussa la porte de l'atelier, qui s'ouvrit avec un léger grincement. L'intérieur était plongé dans l'obscurité, seulement éclairé par la faible lumière de la lune filtrant à travers les fenêtres poussiéreuses. Les murs étaient recouverts des œuvres inachevées de Sophie, des toiles qui semblaient maintenant porter un poids bien plus grand que celui de simples créations artistiques.

Ils allumèrent des lampes de poche et commencèrent à fouiller les lieux, cherchant des indices sur l'existence de cette pièce secrète. Antoine scrutait les murs, cherchant des fissures ou des signes d'une trappe cachée. Clara s'agenouilla pour examiner le sol, espérant trouver une planche dissimulée qui mènerait à un sous-sol ou une cachette.

C'est Élise qui, après plusieurs minutes de recherche, tomba sur un détail intrigant. Derrière une grande armoire en bois, qu'ils n'avaient pas encore déplacée, elle remarqua une légère fente dans le mur. Elle se tourna vers les autres, son cœur battant à tout rompre.

"Je crois que j'ai trouvé quelque chose," murmura-t-elle, une pointe d'excitation dans la voix.

Antoine et Clara la rejoignirent, et ensemble, ils déplacèrent l'armoire, révélant une petite porte en bois, presque invisible contre le mur. La poignée, rouillée par le temps, semblait n'avoir été utilisée que rarement. Antoine tendit la main pour l'ouvrir, mais il s'arrêta un instant, jetant un regard à ses amis.

"Prêts ?" demanda-t-il, une tension palpable dans sa voix.

Ils acquiescèrent, et Antoine tourna la poignée. La porte s'ouvrit en silence, révélant un escalier étroit et raide qui descendait vers l'obscurité. Une odeur de poussière et d'humidité les accueillit alors qu'ils pointaient leurs lampes de poche dans la descente.

Le cœur battant, ils descendirent prudemment les marches, une à une, jusqu'à ce qu'ils atteignent une petite pièce souterraine. La "chambre secrète" était exactement cela : une pièce cachée, isolée du reste de l'atelier, sans fenêtre, éclairée uniquement par les faisceaux de leurs lampes.

Les murs de la chambre étaient recouverts de notes, de croquis, et de photographies épinglées de manière désordonnée. Des fils rouges reliaient certains points entre eux, comme une carte d'investigation où chaque détail avait son importance. Une table au centre de la pièce était couverte de carnets et de papiers éparpillés, le tout formant un chaos qui dégageait une étrange cohérence.

Élise s'approcha de la table, ses yeux parcourant les documents étalés. Elle reconnut des extraits de journaux, des coupures de presse datant de plusieurs années, et des esquisses de Sophie, mais aussi des photographies de lieux et de personnes qu'elle ne connaissait pas. Ce n'était pas simplement une pièce d'artiste, c'était une véritable salle d'enquête, un endroit où Sophie avait tenté de relier les événements du passé à quelque chose de plus grand.

Clara, quant à elle, s'intéressa aux murs. Elle remarqua que les fils rouges semblaient relier différentes périodes de temps, des événements qui, à première vue, n'avaient aucun lien entre eux. Mais Sophie, de toute évidence, voyait quelque chose que personne d'autre n'avait remarqué.

"Regardez ça," dit-elle en pointant un ensemble de photos et de coupures de presse. "Sophie a relié des événements de notre passé commun à d'autres incidents survenus ailleurs dans le pays. Comme si elle pensait que tout était lié."

Antoine s'approcha, observant les connexions tracées par Sophie. "Elle a relié un incendie qui s'est produit il y a dix ans à une série de disparitions survenues cinq ans plus tard. Et ces événements semblent étrangement coïncider avec des expositions d'art ou des découvertes artistiques majeures."

Élise secoua la tête, incrédule. "Elle pensait que tout cela était lié d'une manière ou d'une autre à l'art, ou peut-être à ce qu'il cachait. Mais pourquoi ? Quel est le lien ?"

Clara prit un carnet posé sur la table et l'ouvrit, feuilletant les pages. "Ce carnet est rempli de notes sur des artistes oubliés, des œuvres volées, des secrets que certaines œuvres cacheraient. Sophie pensait que l'art pouvait révéler quelque chose de bien plus profond, quelque chose qui avait été dissimulé par des personnes puissantes."

Antoine posa sa main sur un autre document, une lettre qui semblait adressée à Sophie elle-même. "Cette lettre... Elle provient d'une source anonyme, qui avertit Sophie d'arrêter ses recherches. Mais au lieu de la dissuader, cela semble l'avoir poussée encore plus loin."

Élise, les yeux rivés sur un tableau épinglé au mur, murmura : "Sophie était sur le point de découvrir quelque chose, quelque chose d'énorme. Quelque chose qui reliait tous ces événements à une vérité cachée dans les œuvres d'art. C'est pour ça qu'elle était si secrète, si obsédée."

La chambre secrète révélait une Sophie que ni Antoine, ni Élise, ni Clara ne connaissaient réellement. Une Sophie déterminée, méthodique, et profondément investie dans une quête de vérité. Une vérité qu'elle avait jugée trop dangereuse pour être révélée sans précaution.

"Tout ce que nous avons découvert jusqu'à présent, tout ce que nous savons sur cette affaire... tout est lié ici," dit Antoine, sa voix grave. "Cette chambre est la clé pour comprendre ce qui est arrivé à Sophie. Mais cela signifie aussi que nous devons être extrêmement prudents. Si elle a jugé nécessaire de garder tout cela caché, c'est qu'elle savait à quel point cela pouvait être dangereux."

Clara hocha la tête. "Nous devons tout examiner, tout comprendre. Mais nous devons aussi nous préparer à ce que cette quête nous entraîne bien plus loin que ce que nous avions imaginé."

Ils passèrent les heures suivantes à fouiller la chambre, à décrypter les notes de Sophie, à relier les événements qu'elle avait soigneusement alignés. Chaque nouveau détail les rapprochait d'une vérité que Sophie avait cherché à révéler, mais qu'elle n'avait jamais eu le temps de dévoiler.

En sortant enfin de l'atelier, ils savaient que la découverte de cette chambre aux secrets marquait un tournant décisif dans leur enquête. Ils étaient maintenant au cœur du mystère, entourés d'ombres qui ne demandaient qu'à être éclaircies. Mais ils savaient aussi que plus ils approchaient de la vérité, plus le danger grandissait.

Leurs vies allaient bientôt basculer, et ils devaient être prêts à affronter tout ce qui les attendait. La chambre aux secrets avait révélé les intentions de Sophie, mais elle avait aussi soulevé de nouvelles questions, et une certitude : ce qu'elle avait découvert était bien plus grand que ce qu'ils avaient imaginé.

29. Les Récits Entremêlés

Assis autour de la table d'Élise, éclairée par la lumière tamisée d'une lampe, Clara, Antoine, et Élise se retrouvèrent plongés dans un labyrinthe de souvenirs et de découvertes. La chambre secrète de Sophie avait révélé une multitude de connexions entre leurs vies et les événements du passé, des liens qu'ils n'avaient jamais soupçonnés, mais qui semblaient maintenant tisser une toile complexe de vérités cachées.

Les carnets de Sophie, remplis de notes, d'esquisses, et de réflexions, étaient étalés devant eux. Chacun des trois amis avait une pile de documents, essayant de déchiffrer les pensées de Sophie, de comprendre pourquoi elle avait relié certains événements de leurs vies à sa propre enquête. À mesure qu'ils avançaient dans leur lecture, un sentiment de malaise s'installait, mêlé à une étrange fascination.

"Regardez ça," dit Élise, sa voix brisant le silence qui régnait dans la pièce. Elle tenait une page où Sophie avait tracé un schéma complexe. "Elle a dessiné une sorte de carte chronologique, reliant nos vies à des événements que nous avons vécus, mais aussi à des incidents que nous pensions sans lien."

Clara se pencha pour mieux voir. "Il y a notre première rencontre à l'université, le jour où nous avons décidé de nous lancer dans l'art ensemble. Mais elle a aussi marqué d'autres dates... des moments plus obscurs, comme l'accident de voiture d'Antoine."

Antoine fronça les sourcils en entendant cela. "Mon accident... Oui, c'était une période difficile, mais je ne vois pas en quoi cela pourrait être lié à tout ça."

Élise continua de lire les annotations de Sophie, puis leva les yeux vers Antoine. "Elle a noté que cet accident s'est produit peu de temps après une exposition d'un artiste méconnu. Sophie pensait que cet accident n'était peut-être pas un hasard, mais le résultat de quelque chose que tu avais découvert, quelque chose qui ne devait pas être révélé."

Antoine secoua la tête, incrédule. "Tu veux dire que quelqu'un aurait provoqué cet accident pour m'empêcher de découvrir la vérité sur cet artiste ? Je n'ai jamais rien soupçonné à ce moment-là."

Clara, pensive, ajouta : "Sophie semble avoir passé beaucoup de temps à explorer ce que nous considérions tous comme des coïncidences. Et si elle avait raison ? Si tous ces événements étaient reliés par quelque chose de plus grand, de plus sombre ?"

Ils continuèrent à fouiller dans les carnets, chacun découvrant des fragments de leur propre passé, des souvenirs qu'ils avaient peut-être oubliés ou relégués à l'arrière-plan de leur mémoire. Mais Sophie, avec son esprit aiguisé, avait remarqué des motifs, des répétitions troublantes.

Clara tomba alors sur un passage qui la fit frémir. "Écoutez ça," dit-elle, la voix tremblante. "Sophie parle d'une œuvre spécifique que nous avons vue lors d'une exposition il y a plusieurs années. Elle dit que cette œuvre contenait des symboles cachés, des symboles qui faisaient référence à une société secrète impliquée dans la manipulation des arts."

Antoine se redressa, une expression de stupeur sur le visage. "Une société secrète ? Tu veux dire que tout cela serait lié à une organisation qui utiliserait l'art pour dissimuler ou manipuler des vérités ?"

Clara hocha la tête. "Sophie semblait le croire. Elle parle de cette société comme d'une entité qui aurait existé pendant des siècles, influençant les artistes, cachant des messages dans leurs œuvres, et s'assurant que certaines vérités ne voient jamais le jour."

Élise parcourut rapidement un autre carnet, cherchant des indices supplémentaires. "Elle a mentionné ce nom à plusieurs reprises : *Le Cercle*. Sophie pensait que *Le Cercle* était responsable de la disparition de certaines œuvres d'art, et qu'il aurait aussi orchestré des événements pour protéger ses secrets."

Antoine se renfonça dans sa chaise, essayant de digérer cette nouvelle information. "Tout cela semble incroyable, mais ça expliquerait pourquoi Sophie était si obsédée par ses recherches. Si elle avait découvert l'existence de ce *Cercle* et qu'elle était sur le point de révéler quelque chose d'important, alors cela aurait pu mettre sa vie en danger."

Clara se remémora leurs discussions passées avec Sophie, essayant de trouver un moment où elle aurait pu faire allusion à tout cela. "Elle n'a jamais parlé directement de cette société, mais maintenant que j'y pense, elle faisait souvent des commentaires sur l'histoire de l'art, sur la manière dont certaines œuvres semblaient disparaître sans laisser de trace. À l'époque, je pensais que c'était juste une fascination pour les mystères de l'art..."

Élise se redressa soudain, ses yeux fixant un carnet avec intensité. "Attendez. Il y a une autre chose que Sophie a mentionnée : une exposition qui devait avoir lieu peu de temps avant sa disparition. Elle pensait que cette exposition serait l'occasion de dévoiler la vérité, mais elle a été annulée."

Clara et Antoine se regardèrent, réalisant soudain ce que cela signifiait. "L'exposition annulée," murmura Clara. "Celle dont nous avons trouvé des traces dans les archives..."

"Oui," répondit Élise, l'esprit en ébullition. "Et si cette exposition avait été annulée parce que Sophie était sur le point de dévoiler ce qu'elle avait découvert sur *Le Cercle* ? Si quelqu'un avait voulu l'empêcher de révéler cette vérité, cela expliquerait pourquoi elle a été réduite au silence."

Antoine serra les poings, une résolution nouvelle se dessinant sur son visage. "Nous devons aller plus loin. Si *Le Cercle* existe vraiment et qu'il est derrière tout ça, alors Sophie avait raison de se méfier. Mais cela signifie aussi que nous devons faire très attention. Ce que nous découvrirons pourrait mettre nos vies en danger, tout comme cela a mis en danger celle de Sophie."

Clara acquiesça, la gravité de la situation pesant lourdement sur elle. "Nous avons déjà plongé trop loin dans ce mystère pour reculer maintenant. Si Sophie a donné sa vie pour cette quête, nous devons aller jusqu'au bout. Nous devons comprendre ce qui relie nos vies, nos histoires personnelles, à cette vérité cachée."

Ils continuèrent à reconstituer les liens entre leurs histoires personnelles et les recherches de Sophie. À chaque nouveau détail, une image plus claire commençait à émerger, une image troublante d'une conspiration artistique s'étendant sur des décennies, voire des siècles, orchestrée par une société secrète qui avait manipulé les arts pour dissimuler ses vérités.

Les récits entremêlés de leurs vies et des découvertes de Sophie prenaient un sens nouveau, révélant un complot plus vaste et plus complexe qu'ils n'auraient jamais pu imaginer. Mais ils savaient aussi que cette vérité ne serait pas facile à révéler. Les forces en jeu étaient puissantes, et leur quête les menait sur un terrain dangereux.

Mais ils étaient décidés à aller jusqu'au bout, à découvrir ce qui avait coûté la vie à Sophie, et à révéler la vérité, quelle qu'en soit la conséquence. Parce que maintenant, plus que jamais, ils comprenaient que leurs vies étaient liées par ce mystère, et que le passé, aussi sombre soit-il, devait être confronté pour que la vérité éclate enfin.

30. Le Silence avant la Tempête

L'atmosphère dans l'appartement d'Élise était lourde de tension. Les découvertes récentes avaient plongé le trio dans un tourbillon d'incertitudes et de craintes. Alors qu'ils s'étaient crus proches de comprendre la vérité, une nouvelle menace semblait se profiler à l'horizon, une menace invisible mais omniprésente, qui pesait sur leurs épaules comme une ombre malveillante.

Le silence régnait dans la pièce, à peine troublé par le tic-tac régulier de l'horloge murale. Élise, Antoine, et Clara étaient rassemblés autour de la table, leurs visages marqués par la fatigue et l'angoisse. Les notes de Sophie, leurs découvertes sur *Le Cercle*, et les liens entre leurs histoires personnelles ne cessaient de tourner dans leurs esprits, mais quelque chose d'autre les préoccupait maintenant.

Clara brisa finalement le silence, sa voix hésitante trahissant son inquiétude. "Est-ce que vous avez aussi l'impression... d'être observés ? Depuis que nous avons découvert la chambre secrète de Sophie, j'ai ce sentiment étrange... comme si quelqu'un nous surveillait."

Antoine hocha lentement la tête, son regard se perdant dans le vide. "Je ressens la même chose. Ce matin encore, j'ai cru voir une silhouette me suivre en sortant de chez moi, mais quand je me suis retourné, il n'y avait personne. C'est comme si quelqu'un jouait avec nos nerfs, nous faisant sentir leur présence sans jamais se montrer vraiment."

Élise, qui n'avait pas encore pris la parole, se leva brusquement et alla fermer les rideaux, comme pour se protéger de regards invisibles. "Nous devons rester vigilants. Si *Le Cercle* existe vraiment, et s'il sait que nous approchons de la vérité, il est possible qu'il ait envoyé quelqu'un pour nous surveiller... ou pire."

Clara frissonna à cette idée, ses mains tremblant légèrement. "Tu crois vraiment qu'ils iraient aussi loin ? Que cette société pourrait... nous faire du mal ?"

Antoine, les mâchoires serrées, prit une profonde inspiration. "S'ils ont pu faire disparaître Sophie, alors nous devons nous préparer à l'idée qu'ils pourraient essayer de nous réduire au silence aussi. Mais ce que je ne comprends pas, c'est pourquoi ils n'ont pas encore agi. Pourquoi se contenter de nous surveiller ?"

Élise retourna à la table, son visage marqué par une détermination froide. "Peut-être qu'ils attendent quelque chose. Ou peut-être qu'ils veulent nous faire peur, nous dissuader de continuer. Mais nous ne pouvons pas les laisser gagner. Nous devons aller jusqu'au bout, quoi qu'il en coûte."

Un silence pesant s'installa à nouveau, chacun d'eux réfléchissant à ce que cela impliquait. Ils savaient qu'ils ne pouvaient pas se permettre de faire un faux pas, que le moindre mouvement pouvait déclencher une réaction de la part de ceux qui les observaient. Mais comment pouvaient-ils continuer à avancer tout en restant sur leurs gardes ?

Antoine se redressa soudain, l'air décidé. "Nous devons prendre des précautions supplémentaires. Ne jamais rester seuls, toujours être en contact les uns avec les autres. Et si nous remarquons quoi que ce soit de suspect, nous devons agir immédiatement, sans hésitation."

Clara acquiesça, mais ses yeux étaient toujours remplis de peur. "D'accord. Mais que faisons-nous maintenant ? Nous avons déjà découvert tellement de choses, et pourtant il reste tant de questions sans réponse. Que fait-on de tout ça ?"

Élise prit la parole, sa voix tranchante brisant le silence. "Nous devons continuer à enquêter, mais avec prudence. Nous sommes sur la piste de quelque chose de grand, quelque chose que Sophie a jugé important au point de risquer sa vie. Nous ne pouvons pas reculer maintenant, même si cela signifie prendre des risques."

Soudain, un bruit sourd retentit, brisant la tranquillité oppressante de l'appartement. Tous les trois sursautèrent, leurs regards se tournant immédiatement vers la porte d'entrée. Le silence qui suivit fut encore plus angoissant, chaque seconde s'étirant comme un fil tendu sur le point de rompre.

Antoine se leva, ses sens en alerte, et se dirigea lentement vers la porte. Clara et Élise le suivirent du regard, leurs cœurs battant à tout rompre. Antoine posa la main sur la poignée, hésitant un instant avant de l'ouvrir.

La porte s'ouvrit en silence, révélant un couloir désert, faiblement éclairé par la lumière du hall. Mais juste devant la porte, posé à même le sol, se trouvait un petit paquet enveloppé dans un papier brun, sans adresse ni nom. Antoine s'accroupit pour ramasser le paquet, le retournant dans ses mains avec prudence.

"Qu'est-ce que c'est ?" demanda Clara, sa voix à peine un murmure.

Antoine secoua la tête. "Je ne sais pas, mais ce n'est pas là par hasard. Quelqu'un l'a laissé pour nous."

Élise s'approcha, son visage fermé. "Ouvre-le. Mais fais attention."

Antoine défit lentement les ficelles qui maintenaient le paquet fermé, ses doigts tremblant légèrement sous la tension. À l'intérieur, il découvrit une petite boîte en bois, gravée de symboles qu'ils ne reconnurent pas immédiatement. Il l'ouvrit prudemment, et à l'intérieur, ils trouvèrent une seule feuille de papier, soigneusement pliée.

Il déplia le papier, et ce qu'il lut fit blanchir son visage. "C'est un avertissement," dit-il, la voix tremblante. "Ils savent ce que nous faisons. Ils nous donnent une dernière chance d'arrêter."

Clara sentit un frisson glacé lui parcourir l'échine. "Que dit exactement le message ?"

Antoine lut à haute voix : **"Vous approchez trop près de la vérité. Reculer maintenant, ou subir les conséquences. Vous ne serez pas avertis une seconde fois."**

Le silence qui suivit ces mots fut assourdissant. Chaque détail de l'appartement semblait soudain plus menaçant, chaque ombre plus profonde. Le message était clair : ils étaient en danger, et ceux qui les surveillaient ne plaisantaient pas.

Élise serra les poings, sentant la colère monter en elle. "Nous devons continuer, quoi qu'ils disent. Nous ne pouvons pas laisser la peur nous paralyser."

Mais Antoine, encore sous le choc du message, laissa échapper un murmure à peine audible. "Nous devons être prêts. Ce n'est que le début."

Le chapitre se termine sur ce cliffhanger oppressant, alors qu'un lourd silence retombe sur l'appartement, présageant la tempête qui se prépare à déferler sur eux. Ils savent maintenant qu'ils sont dans le viseur de forces bien plus grandes qu'eux, et que chaque pas les rapproche non seulement de la vérité, mais aussi du danger imminent qui les guette.

31. Les Masques Tombent

Le lendemain de la réception du mystérieux paquet, Élise, Antoine, et Clara se retrouvèrent une fois de plus dans l'appartement d'Élise. La tension était palpable. La menace anonyme qu'ils avaient reçue la veille planait encore sur eux comme une ombre sinistre, mais elle avait également éveillé en eux une détermination farouche. Ils savaient qu'ils devaient agir rapidement, mais avec prudence.

Antoine, qui avait passé une nuit agitée à réfléchir à la signification du message, se redressa soudain, son visage marqué par une résolution nouvelle. "Nous devons découvrir qui est derrière tout ça," déclara-t-il, sa voix ferme. "Nous ne pouvons pas continuer à avancer sans savoir qui nous surveille. Cette personne connaît trop de choses sur nous, et sur Sophie."

Clara hocha la tête, le visage grave. "Mais par où commencer ? Nous avons si peu d'indices..."

Élise, qui avait épluché les carnets de Sophie et les documents trouvés dans la chambre secrète, intervint : "J'ai trouvé quelque chose hier soir. Un nom, dans l'un des carnets de Sophie. Il est mentionné à plusieurs reprises, mais jamais directement. Sophie semblait hésiter à le noter, comme si elle savait que ce nom était dangereux."

Antoine la fixa intensément. "Quel nom ?"

Élise ouvrit l'un des carnets et pointa une page où le nom était griffonné dans les marges : **"Vincent Moreau."**

Clara plissa les yeux. "Vincent Moreau... Je ne me souviens pas de lui. Qui est-ce ?"

Antoine fronça les sourcils, réfléchissant intensément. "Je me souviens de ce nom. Il était un associé de Sophie, il y a longtemps. Un galeriste, si je ne me trompe pas. Ils ont travaillé ensemble sur plusieurs projets, mais soudainement, il a disparu de la scène, et Sophie n'en a plus jamais parlé."

Élise continua : "Sophie n'a jamais expliqué pourquoi ils ont cessé de travailler ensemble, mais ce nom revient souvent dans ses notes récentes, comme s'il jouait un rôle crucial dans ce qu'elle avait découvert. Je pense que Vincent Moreau pourrait être la personne qui nous surveille. S'il a des raisons de vouloir garder certaines choses secrètes, il pourrait aussi avoir ses propres motivations pour nous arrêter."

Clara se leva d'un bond. "Il faut le trouver. Si c'est lui qui nous surveille, il est temps de confronter cette ombre. Nous devons savoir ce qu'il sait, et pourquoi il cherche à nous faire peur."

Ils se mirent immédiatement au travail, cherchant des informations sur Vincent Moreau. Grâce à leurs réseaux et quelques contacts dans le milieu artistique, ils découvrirent rapidement qu'il vivait encore en ville, mais qu'il s'était retiré du monde de l'art, menant une vie discrète. Il habitait une maison en périphérie, loin du tumulte de la ville.

Ils décidèrent de s'y rendre ensemble, déterminés à confronter l'homme qui semblait tirer les ficelles de l'ombre. Le trajet jusqu'à la maison de Moreau se fit dans un silence tendu, chacun d'eux se préparant mentalement à ce qui allait suivre. Ils savaient qu'ils marchaient sur un fil, et que cette confrontation pourrait faire basculer leur enquête d'un côté ou de l'autre.

La maison de Moreau était une vieille bâtisse entourée d'arbres, isolée du reste du quartier. En arrivant, ils ressentirent immédiatement une atmosphère pesante, comme si les murs eux-mêmes étaient chargés de secrets. Ils descendirent de la voiture, leurs cœurs battant la chamade, et avancèrent lentement vers la porte.

Antoine frappa, et après quelques secondes qui parurent une éternité, la porte s'ouvrit. Un homme d'une cinquantaine d'années, au visage marqué par le temps, se tenait là, les observant avec une expression indéchiffrable. Ses cheveux grisonnants encadraient un visage aux traits durs, et ses yeux, d'un bleu perçant, semblaient sonder leurs âmes.

"Vincent Moreau ?" demanda Antoine, sa voix ferme mais polie. L'homme acquiesça lentement. "Oui. Que puis-je pour vous ?" Élise, sans détour, entra directement dans le vif du sujet. "Nous savons que vous surveillez nos mouvements. Nous savons que vous étiez un associé de Sophie, et nous pensons que vous avez des informations que nous devons connaître."

Vincent les fixa un instant, ses yeux se plissant légèrement, comme s'il pesait ses options. Puis, il ouvrit la porte un peu plus grand et leur fit signe d'entrer. "Venez," dit-il simplement. "Il est temps que les masques tombent."

Ils le suivirent à l'intérieur, le cœur lourd, et furent conduits dans un salon faiblement éclairé, où des œuvres d'art anciennes couvraient les murs. Il les invita à s'asseoir, puis se plaça devant eux, les bras croisés.

"Je m'attendais à ce que vous veniez," commença-t-il. "Sophie était une amie précieuse, mais elle s'est embarquée dans quelque chose de bien trop dangereux. Quand j'ai compris jusqu'où elle était prête à aller, j'ai tenté de la dissuader, mais elle était trop têtue, trop déterminée."

Antoine l'interrompit, son ton teinté d'urgence. "Vous l'avez surveillée, n'est-ce pas ? Vous saviez ce qu'elle cherchait."

Vincent acquiesça. "Oui, je l'ai surveillée. Pour sa sécurité, au début. Mais quand j'ai compris qu'elle était sur le point de découvrir des choses qui ne devaient jamais être dévoilées, j'ai dû agir. Vous ne comprenez pas, mais ce que Sophie a trouvé... c'est bien plus grand que tout ce que vous pouvez imaginer."

Clara se pencha en avant, son visage grave. "Expliquez-nous. Qu'a-t-elle découvert ? Et pourquoi est-ce si dangereux ?"

Vincent les fixa un moment, pesant ses mots. "Elle a découvert des secrets enfouis depuis des siècles, des vérités cachées dans l'art, manipulées par des groupes comme *Le Cercle*. Ces groupes ont façonné l'histoire de l'art, influencé des mouvements entiers, tout en gardant certains savoirs sous contrôle. Sophie avait trouvé des preuves de leur existence et de leur influence. Si ces informations venaient à être révélées, cela pourrait bouleverser bien plus que le monde de l'art."

Élise le regarda fixement, son ton trahissant sa colère retenue. "Et vous avez décidé de la faire taire pour protéger ces secrets ?"

Vincent secoua la tête, une tristesse visible dans ses yeux. "Non, je n'ai jamais voulu lui faire de mal. Je voulais juste l'arrêter avant qu'il ne soit trop tard, avant que *Le Cercle* n'intervienne. Mais elle a refusé de m'écouter, et quand elle a continué..."

Sa voix se brisa, et il détourna le regard. "Je n'ai pas pu la sauver. Quand j'ai appris qu'elle avait disparu, j'ai compris que j'avais échoué. Depuis, je vous ai surveillés, espérant vous dissuader de suivre le même chemin. Mais je vois maintenant que vous êtes aussi déterminés qu'elle."

Antoine serra les poings, sentant la frustration monter en lui. "Vous auriez dû nous aider dès le début, au lieu de jouer à ce jeu dangereux."

Vincent ferma les yeux, une expression de regret sur le visage. "Vous avez raison. Mais maintenant, il est trop tard pour reculer. Vous êtes trop proches de la vérité, et *Le Cercle* sait que vous approchez. Je vais vous dire tout ce que je sais, mais vous devez être prêts à affronter les conséquences."

Élise, Clara, et Antoine échangèrent un regard, conscients que cette révélation les poussait encore plus loin dans le danger. Mais ils savaient aussi qu'ils étaient trop engagés pour faire demi-tour. Les masques étaient tombés, et ils étaient sur le point de découvrir ce qui avait coûté la vie à Sophie.

Le chapitre se termine sur cette confrontation intense, laissant entrevoir que les vérités cachées depuis si longtemps sont sur le point d'être révélées, mais à quel prix ? Le danger est plus grand que jamais, et les conséquences de leurs découvertes pourraient bien être plus terribles qu'ils ne l'avaient imaginé.

32. Les Liens Cachés

La révélation de Vincent Moreau laissait Élise, Antoine, et Clara dans un mélange de choc et de détermination. L'idée que Sophie menait une double vie, qu'elle avait été impliquée dans quelque chose de bien plus complexe que ce qu'ils avaient imaginé, pesait lourdement sur leurs esprits. Mais ils savaient que chaque nouvelle découverte les rapprochait de la vérité, aussi dangereuse soit-elle.

Après avoir quitté la maison de Vincent, le trio se réunit dans l'appartement d'Élise, un lieu qui leur semblait désormais le seul endroit sûr pour échanger. Le silence régnait, brisé uniquement par le bruissement des pages de carnets et des coupures de journaux que Sophie avait soigneusement collectées.

"Nous avons découvert que Sophie avait un lien avec *Le Cercle*, et qu'elle était sur le point de révéler des secrets qui auraient bouleversé le monde de l'art," commença Antoine, assis au bord de la table. "Mais ce que Vincent nous a dit ne fait que soulever plus de questions. Pourquoi Sophie s'est-elle lancée seule dans cette enquête ? Et qu'est-ce qui la liait à ces disparitions dans le milieu artistique ?"

Clara, qui avait passé les dernières heures à scruter les carnets de Sophie, leva la tête, ses yeux fatigués mais résolus. "Je crois que j'ai trouvé une piste. Sophie était en contact avec un journaliste d'investigation, un certain **Marc Duhamel**. Il semble qu'elle travaillait avec lui sur une enquête secrète, en parallèle de ses recherches sur *Le Cercle*."

Élise se redressa, intéressée. "Un journaliste ? Ça explique pourquoi elle était si discrète. Mais de quoi s'agissait cette enquête ?"

Clara tira une pile de documents qu'elle avait réunis, parmi lesquels se trouvaient des articles de journaux soigneusement découpés, certains annotés de la main de Sophie. "Marc Duhamel était un journaliste spécialisé dans les affaires criminelles, mais il s'intéressait particulièrement à une série de disparitions mystérieuses dans le milieu artistique. Il avait découvert que ces disparitions n'étaient pas des cas isolés, mais qu'elles semblaient suivre un schéma précis, lié à des expositions d'art et à des œuvres spécifiques."

Antoine, intrigué, feuilleta les documents. "Sophie était donc impliquée dans cette enquête ? Mais pourquoi ? Elle n'était pas journaliste."

Clara hocha la tête. "Non, mais elle était une artiste, et elle avait accès à des cercles que Duhamel ne pouvait atteindre. Ils travaillaient ensemble, lui fournissant des informations sur ces disparitions, et elle utilisant ses connaissances artistiques pour décrypter les messages cachés dans certaines œuvres."

Élise, parcourant les annotations de Sophie, tomba sur une phrase qui attira son attention. "Écoutez ça : 'Les disparitions sont liées à des œuvres spécifiques. Ces œuvres contiennent des secrets que *Le Cercle* veut à tout prix protéger. Ceux qui s'en approchent trop près disparaissent.'"

Antoine fronça les sourcils. "Cela signifie que *Le Cercle* ne se contente pas de manipuler l'art, mais qu'il est prêt à éliminer quiconque menace de révéler ses secrets. Sophie devait être sur le point de découvrir quelque chose de crucial, et elle savait qu'elle était en danger."

Clara continua à lire les notes de Sophie. "Duhamel et elle semblaient avoir identifié un lien entre ces disparitions et certaines expositions spécifiques, où les œuvres incriminées étaient présentées. Mais avant qu'ils ne puissent aller plus loin, Duhamel a disparu à son tour."

Élise se figea. "Il a disparu ? Sophie ne l'a jamais mentionné."

Clara acquiesça, l'air grave. "Oui, et c'est après sa disparition que Sophie a commencé à se méfier de tout le monde. Elle a continué l'enquête seule, mais elle savait que le danger était de plus en plus proche."

Antoine serra les poings, sentant une rage sourde monter en lui. "Elle s'est retrouvée seule, à enquêter sur une affaire qui dépassait tout ce qu'elle pouvait imaginer. Et tout cela pour découvrir la vérité sur ces disparitions... et sur ce que *Le Cercle* cachait."

Élise, les yeux rivés sur une note en particulier, murmura : "Sophie a mentionné un lieu où elle pensait que tout se rejoignait. Une sorte de 'centre névralgique' pour *Le Cercle*. Un endroit où elle pensait que les œuvres disparues et les victimes pouvaient être liées."

Clara se pencha pour lire par-dessus son épaule. "'Le Sanctuaire'. C'est ainsi qu'elle l'appelait. Un lieu secret où les œuvres d'art contenant des secrets étaient conservées, et où ceux qui posaient trop de questions disparaissaient."

Antoine se redressa, déterminé. "Nous devons trouver ce 'Sanctuaire'. Si c'est là que tout converge, alors c'est là que nous trouverons les réponses. Mais nous devons être prêts, car ce sera probablement le lieu le plus dangereux que nous ayons jamais approché."

Élise hocha la tête, résolue. "Sophie était prête à tout pour découvrir la vérité. Nous devons honorer son travail et aller jusqu'au bout. Même si cela signifie affronter *Le Cercle* sur son propre terrain."

Clara, malgré la peur qui lui serrait l'estomac, acquiesça. "Nous avons déjà perdu trop de temps. Si nous voulons révéler ce que Sophie a découvert, nous devons être prêts à affronter tout ce que ce 'Sanctuaire' cache."

Le trio passa les heures suivantes à rassembler toutes les informations dont ils disposaient, cherchant à localiser ce mystérieux 'Sanctuaire'. Ils savaient que ce lieu était la clé pour comprendre non seulement la disparition de Sophie, mais aussi le lien entre les œuvres d'art, les disparitions, et *Le Cercle*.

Alors que la nuit tombait, une certitude se dessinait dans leurs esprits : ils étaient sur le point de découvrir la vérité, mais cette vérité aurait un prix. Les liens cachés qui reliaient Sophie à cette enquête secrète, aux disparitions, et à *Le Cercle* commençaient à se dévoiler, mais ils savaient que chaque nouvelle révélation les rapprochait du danger.

Et alors qu'ils se préparaient à prendre la route pour ce qui pourrait bien être la dernière étape de leur enquête, une question persistait dans leur esprit : étaient-ils prêts à faire face à ce qu'ils allaient découvrir ? Car le voile sur les mystères du passé était sur le point d'être levé, révélant une vérité que personne n'était censé connaître.

Le chapitre se termine avec le trio sur le point de découvrir ce que Sophie avait si désespérément cherché à révéler, conscients que le silence qui les entoure est le signe avant-coureur de la tempête à venir.

33. Les Pièges du Passé

La lumière froide de l'aube perçait à travers les rideaux de l'appartement d'Élise, mais l'atmosphère à l'intérieur restait sombre et lourde de tension. Élise, Clara, et Antoine étaient épuisés, les heures précédentes ayant été marquées par une série de découvertes bouleversantes. Mais malgré leur fatigue, ils savaient qu'ils ne pouvaient pas s'arrêter maintenant. Ils étaient sur le point de découvrir la vérité, mais cette vérité semblait de plus en plus liée à des secrets enfouis, des secrets qui remontaient plus loin que ce qu'ils avaient imaginé.

Antoine, en particulier, se sentait tourmenté. Les récents événements avaient ravivé des souvenirs qu'il avait tenté d'oublier, des erreurs qu'il pensait avoir laissées derrière lui. Mais au fur et à mesure que les pièces du puzzle se mettaient en place, une terrible vérité commençait à émerger : son propre passé pourrait être la clé de la disparition de Sophie.

"Il y a quelque chose qui ne cesse de me tourmenter," déclara Antoine, sa voix brisant le silence tendu. Il se leva et commença à faire les cent pas dans la pièce, son visage fermé par l'inquiétude.

Clara et Élise échangèrent un regard, conscientes que ce qu'Antoine s'apprêtait à dire pourrait bouleverser leur compréhension de l'affaire. "Qu'est-ce qui te tracasse, Antoine ?" demanda Élise, le regard fixé sur lui.

Antoine s'arrêta, fixant le sol comme s'il cherchait les mots justes. "Je pensais avoir tout dit sur mon passé... mais il y a une chose que je n'ai jamais mentionnée, parce que je ne pensais pas que c'était important. Mais maintenant, je réalise que ça pourrait tout changer."

Clara se redressa, attentive. "De quoi s'agit-il ?"

Antoine prit une profonde inspiration avant de continuer. "Il y a plusieurs années, bien avant de connaître Sophie, j'ai été impliqué dans une affaire délicate. À l'époque, j'étais encore jeune et ambitieux, prêt à tout pour réussir dans le milieu artistique. J'avais découvert une œuvre rare, une peinture ancienne qui, à première vue, semblait n'avoir aucune valeur. Mais en creusant, j'ai découvert qu'elle contenait des indices, des symboles qui pointaient vers quelque chose de beaucoup plus grand."

Élise et Clara l'écoutaient en silence, comprenant que ce qu'il révélait maintenant était crucial. "Qu'as-tu fait ensuite ?" demanda Clara doucement.

Antoine continua, le visage assombri par les souvenirs. "J'ai vendu cette information à un collectionneur privé, un homme puissant qui s'intéressait aux mystères de l'art. Je ne savais pas qui il était vraiment, mais il m'a payé une somme astronomique pour garder le silence et lui remettre la peinture. À l'époque, je n'ai pas posé de questions. J'étais aveuglé par l'argent et l'opportunité de faire mes preuves dans le milieu."

Élise fronça les sourcils, commençant à comprendre où Antoine voulait en venir. "Et ce collectionneur... tu as découvert qui il était ensuite ?"

Antoine hocha lentement la tête. "Oui. Quelques mois plus tard, j'ai appris qu'il était lié à un groupe secret, un groupe dont le seul but était de récupérer des œuvres d'art contenant des informations cachées, des œuvres que *Le Cercle* voulait garder hors de portée du public. J'ai réalisé trop tard que j'avais donné à cet homme une clé pour quelque chose de bien plus grand, quelque chose de dangereux."

Clara sentit un frisson lui parcourir l'échine. "Et tu penses que cette peinture est liée à l'enquête de Sophie ?"

Antoine se passa une main sur le visage, la culpabilité visible dans ses yeux. "Je suis sûr que c'est le cas. Sophie était sur la piste de ces œuvres, de ces secrets cachés, et je pense qu'elle a découvert l'existence de cette peinture. Elle a peut-être même compris que c'était moi qui l'avais mise entre de mauvaises mains."

Élise, choquée par cette révélation, s'approcha d'Antoine. "Tu crois que c'est pour ça qu'elle a disparu ? Qu'elle a été ciblée à cause de ce que tu as fait il y a des années ?"

Antoine hocha la tête, la gorge serrée. "Je le crains. Mes erreurs passées ont peut-être déclenché une série d'événements qui ont conduit à sa disparition. En voulant cacher mon passé, j'ai ignoré des signes qui auraient pu la protéger."

Clara, touchée par la douleur visible d'Antoine, posa une main réconfortante sur son bras. "Nous ne pouvons pas changer le passé, Antoine. Mais ce que nous pouvons faire, c'est découvrir la vérité et l'utiliser pour honorer Sophie, pour la venger si nécessaire."

Élise acquiesça, son expression résolue. "Nous devons retrouver cette peinture, ou au moins comprendre ce qu'elle contenait. Si elle est liée à l'enquête de Sophie, alors elle pourrait être la clé pour démêler toute cette affaire."

Antoine, reprenant un peu de contrôle sur ses émotions, hocha la tête. "Je vais vous dire tout ce que je sais sur cette peinture, sur son origine et sur les symboles qu'elle contenait. Peut-être que cela nous donnera une nouvelle piste pour continuer l'enquête."

Ils passèrent les heures suivantes à discuter des détails de cette peinture, des symboles qu'Antoine avait vus à l'époque, et des liens possibles avec les découvertes de Sophie. Ils réalisèrent que cette œuvre faisait probablement partie d'une série d'œuvres similaires, toutes cachant des secrets que *Le Cercle* avait tenté de protéger.

Mais cette révélation bouleversa également leur perception de l'enquête. Antoine, qui avait toujours cru que son passé n'avait pas de lien direct avec les événements actuels, se rendit compte que ses erreurs avaient non seulement affecté sa propre vie, mais aussi celle de Sophie, et peut-être de bien d'autres.

Le chapitre se termine sur cette prise de conscience dévastatrice : les erreurs du passé d'Antoine ont peut-être été le déclencheur de la disparition de Sophie, et maintenant, ils doivent affronter les conséquences de ces actions. Les pièges du passé sont plus profonds qu'ils ne l'avaient imaginé, et le danger qui les guette est plus imminent que jamais. Le trio sait qu'ils doivent redoubler de vigilance et de détermination, car chaque pas qu'ils font les rapproche du cœur de ce mystère complexe, mais aussi des forces qui cherchent à les arrêter.

34. Le Carnet Révélé

Le jour était à peine levé, baignant l'appartement d'Élise d'une lumière douce et diffuse. Assis autour de la table du salon, Clara, Élise et Antoine examinaient attentivement le carnet de Sophie. Cela faisait des jours qu'ils essayaient de percer les secrets cachés dans ses pages, mais quelque chose dans la manière dont Sophie l'avait écrit demeurait insaisissable. Clara, en particulier, avait passé des heures à essayer de décrypter les symboles, les codes, et les messages cryptiques laissés entre les lignes.

Cette fois, elle sentait qu'elle était proche d'une percée. La nuit précédente, elle avait travaillé tard, décodant lentement les messages en apparence anodins. Et maintenant, elle était enfin prête à partager ses découvertes avec Élise et Antoine.

"J'ai réussi à décoder une grande partie du carnet de Sophie," annonça Clara, sa voix remplie d'une étrange combinaison de soulagement et d'appréhension. Elle avait les yeux cernés de fatigue, mais sa détermination brillait avec une intensité nouvelle.

Élise et Antoine levèrent les yeux vers elle, suspendus à ses paroles. "Que dit-il ?" demanda Élise, sa voix impatiente mais teintée d'anxiété.

Clara ouvrit le carnet, feuilletant les pages jusqu'à celles qu'elle avait marquées de petites annotations. "Sophie utilisait un code complexe, probablement pour protéger ses découvertes si quelqu'un tombait sur ce carnet. Chaque ligne que nous pensions être une réflexion anodine contenait en réalité des indications subtiles. Elle faisait référence à des endroits spécifiques, des lieux où elle a rencontré des informateurs en secret."

Antoine fronça les sourcils. "Des informateurs ? De quel genre ?"

Clara continua : "Sophie ne mentionne pas leurs noms, mais elle parle de plusieurs rendez-vous clandestins, souvent dans des endroits isolés, comme des entrepôts abandonnés ou des cafés discrets. Elle les appelle par des pseudonymes, mais d'après le contexte, il semble que ces informateurs aient des liens avec *Le Cercle*."

Élise, perplexe, se pencha pour mieux voir les notes. "Et ces rendez-vous, où l'ont-ils menée ?"

Clara tourna une autre page du carnet. "Ce qui est fascinant, c'est que tout au long de son enquête, Sophie était guidée vers un lieu bien précis. Un endroit qu'elle a mentionné à plusieurs reprises mais de manière codée. Elle l'appelait *Le Refuge*. Après avoir décodé ses notes, je crois que j'ai enfin compris où se trouve cet endroit."

Antoine se redressa, ses yeux perçant ceux de Clara. "Où ?"

Clara sortit une carte pliée qu'elle avait trouvée entre les pages du carnet et la posa sur la table. "C'est un vieux bâtiment industriel, un entrepôt situé à la périphérie de la ville. Sophie a décrit cet endroit comme un lieu de rencontres clandestines où elle pensait trouver les réponses à ses questions. Ce lieu est mentionné dans ses dernières pages, juste avant sa disparition."

Élise passa la main sur la carte, observant l'emplacement marqué d'un petit cercle rouge. "C'est là que tout converge. Le Refuge. Sophie pensait que c'était l'endroit où elle trouverait la vérité sur *Le Cercle* et sur les œuvres qu'ils cherchaient à protéger."

Clara acquiesça. "Elle pensait aussi que c'était là que se trouvaient certaines des œuvres disparues. Elle mentionne avoir entendu parler d'une galerie secrète dans cet entrepôt, où *Le Cercle* dissimule des pièces d'art rares et compromettantes, celles qui contiennent des vérités cachées."

Antoine se leva brusquement, son énergie renouvelée par cette révélation. "Nous devons y aller. Si Sophie pensait que c'était là que tout se jouait, alors nous devons suivre ses traces."

Élise, pourtant, semblait plus prudente. "Et si c'était un piège ? Sophie savait qu'elle était surveillée. Si *Le Cercle* l'a suivie jusqu'à cet endroit, cela pourrait signifier que nous serons en danger dès que nous approcherons."

Clara, bien que consciente du risque, était déterminée. "Nous n'avons plus le choix. Si Sophie a risqué sa vie pour trouver cet endroit, nous devons savoir pourquoi. Il est possible que les réponses que nous cherchons se trouvent là-bas."

Après un moment de réflexion, Élise hocha lentement la tête. "D'accord. Mais nous devons être prudents. Il faut être prêts à tout."

Ils passèrent le reste de la matinée à préparer leur expédition vers *Le Refuge*. Ils savaient que cette découverte pourrait les amener à dévoiler les secrets que Sophie avait poursuivis jusqu'à la fin. Mais ils étaient également conscients que ce lieu pourrait être bien plus dangereux qu'ils ne le pensaient.

L'après-midi venu, ils prirent la route vers l'entrepôt désaffecté. Le ciel était couvert, créant une ambiance oppressante qui semblait annoncer une tempête imminente. La route vers l'extérieur de la ville les mena à travers des quartiers abandonnés, où les bâtiments industriels se dressaient comme des géants oubliés, témoins d'une autre époque.

Lorsque leur voiture s'arrêta enfin devant l'entrepôt, ils descendirent et se retrouvèrent face à une imposante structure en béton, usée par le temps et recouverte de graffitis. L'endroit semblait désert, mais une tension palpable flottait dans l'air, comme si le bâtiment lui-même retenait son souffle, attendant leur entrée.

Antoine, Élisé et Clara s'approchèrent prudemment de l'entrée, le cœur battant à tout rompre. Ils savaient que *Le Refuge* pourrait contenir des réponses, mais aussi des pièges. Tout dépendait maintenant de ce qu'ils allaient découvrir à l'intérieur.

Alors qu'ils poussaient la porte rouillée de l'entrepôt, un grincement résonna dans l'immense espace vide. L'intérieur était sombre, et une odeur de poussière et de moisissure flottait dans l'air. Mais au fond de la pièce, un faible éclat de lumière semblait les guider vers une autre porte, dissimulée derrière des caisses empilées.

Élise, Antoine et Clara échangèrent un regard avant de s'avancer vers cette nouvelle ouverture. Chaque pas semblait les rapprocher de la vérité tant recherchée, mais aussi d'un danger qu'ils ne pouvaient encore imaginer.

Le chapitre se termine sur cette image : le trio sur le point de franchir une porte qui pourrait changer le cours de leur enquête, mais qui pourrait aussi les confronter aux pires conséquences de leurs découvertes. Le carnet de Sophie a révélé bien plus qu'ils ne l'avaient prévu, et la prochaine étape de leur quête est sur le point de les plonger encore plus profondément dans les ténèbres qui entourent *Le Cercle* et ses secrets.

35. La Poursuite

L'air était lourd et humide lorsqu'Élise, Antoine, et Clara s'approchèrent de l'entrepôt abandonné, guidés par les indices laissés dans le carnet de Sophie. L'endroit était lugubre, entouré de bâtiments en ruine, vestiges d'une époque industrielle révolue. Le soleil déclinait à l'horizon, projetant des ombres longues et inquiétantes sur les façades décrépites.

Ils avaient suivi les indications de Sophie, espérant trouver dans ce lieu des réponses aux nombreuses questions qui les hantaient depuis le début de leur enquête. Mais une part d'eux-mêmes ne pouvait s'empêcher de se demander si ce n'était pas un piège, si *Le Cercle* n'avait pas déjà anticipé leur venue.

Le trio échangea un dernier regard avant de pénétrer dans l'entrepôt. Antoine ouvrit la voie, son cœur battant à tout rompre, suivi de près par Élise et Clara. À l'intérieur, l'obscurité semblait absorber la lumière des lampes torches qu'ils avaient emportées, révélant un espace vaste et silencieux, couvert de poussière et de toiles d'araignée.

"Cet endroit donne des frissons," murmura Clara, sa voix résonnant légèrement dans l'immensité du lieu.

"Restons concentrés," répondit Antoine, ses yeux scrutant chaque recoin à la recherche de quelque chose qui pourrait les guider vers ce que Sophie avait laissé derrière elle.

Ils progressèrent lentement, leurs pas résonnant sur le sol de béton craquelé. Chaque bruit, chaque grincement les mettait en alerte, mais ils continuèrent d'avancer, résolus à découvrir ce que Sophie avait trouvé. Finalement, ils atteignirent la porte éclairée qu'ils avaient vue en entrant, dissimulée derrière des caisses empilées. Antoine se tourna vers Élise et Clara, leur adressant un signe de tête avant de pousser la porte.

La porte s'ouvrit sur une pièce plus petite, manifestement un bureau ou une salle de surveillance autrefois utilisée par les gardiens de l'entrepôt. À l'intérieur, une faible lumière émanait d'un vieil abat-jour couvert de poussière. Mais ce qui attira immédiatement leur attention fut une petite table en bois au centre de la pièce, où étaient posés plusieurs dossiers, des enveloppes épaisses, et une clé USB.

"Regardez ça," murmura Élise en s'approchant de la table. "Ce sont des dossiers... des preuves, peut-être."

Clara s'avança à son tour, prenant une enveloppe qu'elle ouvrit délicatement. À l'intérieur se trouvaient des photographies en noir et blanc, montrant des réunions discrètes dans des lieux luxueux, des visages masqués ou partiellement dissimulés. "C'est comme si Sophie avait réussi à infiltrer quelque chose... une organisation secrète."

Antoine examina un autre dossier, découvrant des documents officiels, certains classifiés, d'autres estampillés du sceau d'une institution financière. "Elle a rassemblé des preuves sur des transactions illicites, des paiements pour des œuvres d'art qui ne devraient pas exister."

Élise ouvrit un troisième dossier, y trouvant des rapports détaillés sur des personnalités influentes dans le monde de l'art, de la finance, et de la politique, tous apparemment liés à *Le Cercle*. "Sophie avait trouvé le moyen de suivre l'argent, de découvrir qui finançait *Le Cercle* et pourquoi. Ce qu'elle a trouvé pourrait détruire des carrières, voire des vies."

Clara examina la clé USB. "Il doit y avoir plus d'informations là-dessus. Elle a peut-être sauvegardé des enregistrements, des vidéos... quelque chose de plus concret."

Antoine, tout en scrutant les lieux, s'arrêta soudain. "Attendez... vous entendez ça ?"

Le silence pesant qui régnait depuis leur entrée dans l'entrepôt fut brisé par un bruit lointain, une sorte de grincement suivi de pas précipités. Ils échangèrent un regard, leurs cœurs s'accélérant. Quelqu'un approchait.

"On doit partir, maintenant !" chuchota Élise, prenant les dossiers et la clé USB avant de les ranger dans son sac.

Mais alors qu'ils se tournaient pour quitter la pièce, la porte par laquelle ils étaient entrés se referma brutalement, plongeant la pièce dans une obscurité presque totale. Le grincement des pas se rapprochait, résonnant dans les couloirs vides de l'entrepôt. Une tension électrique emplissait l'air, et ils comprirent qu'ils étaient piégés.

Antoine se précipita vers une autre porte, cherchant frénétiquement une sortie. "Il doit y avoir une autre issue ! Nous devons sortir d'ici avant qu'ils ne nous trouvent."

Clara, effrayée mais résolue, tâtonna le long du mur, trouvant enfin une autre porte, dissimulée derrière une étagère rouillée. "Par ici !"

Ils s'élancèrent à travers la porte, débouchant dans un couloir étroit et sombre qui semblait s'étendre à l'infini. Les bruits de poursuite derrière eux se faisaient plus proches, plus menaçants. Sans un mot, ils commencèrent à courir, leurs cœurs battant la chamade, guidés seulement par l'espoir de trouver une sortie.

Le couloir les mena à un escalier en colimaçon qui descendait encore plus profondément dans le sous-sol de l'entrepôt. Ils le dévalèrent à toute vitesse, l'adrénaline masquant la douleur dans leurs jambes. En bas, ils trouvèrent un autre couloir, puis une lourde porte métallique. Antoine, utilisant toute sa force, réussit à l'ouvrir.

La porte donnait sur une arrière-cour abandonnée, entourée de hauts murs couverts de lierre. Ils se précipitèrent dehors, leurs poumons brûlant, leurs esprits tourmentés par la peur d'être rattrapés.

Mais il n'y avait personne. Le silence de la cour contrastait avec le chaos qui régnait à l'intérieur de l'entrepôt. Ils se regardèrent, essoufflés mais soulagés d'avoir échappé à ceux qui les poursuivaient.

"Nous devons partir d'ici, maintenant," dit Antoine, la voix hachée par l'effort. "Ils ne vont pas tarder à nous retrouver."

Sans un mot de plus, ils escaladèrent l'un des murs, se retrouvant dans une ruelle déserte à l'arrière de l'entrepôt. De là, ils se fondirent dans les ombres, courant jusqu'à ce qu'ils atteignent un endroit sûr, où ils purent enfin reprendre leur souffle.

Clara, toujours tremblante, sortit les dossiers et la clé USB du sac d'Élise. "Nous avons ce qu'il nous faut. Sophie a laissé ces preuves pour que nous puissions les utiliser contre *Le Cercle*. Maintenant, c'est à nous de faire le reste."

Élise hocha la tête, son regard dur. "Mais nous devons rester sur nos gardes. Ils savent que nous avons découvert leur cachette, et ils feront tout pour nous empêcher de révéler ces informations."

Antoine, essuyant la sueur de son front, se tourna vers les deux femmes. "Nous avons pris des risques, mais nous avons réussi. Maintenant, nous devons trouver un moyen de rendre ces informations publiques, de faire tomber *Le Cercle* une fois pour toutes."

Le chapitre se termine sur cette image : Élise, Antoine, et Clara, épuisés mais déterminés, sachant que la prochaine étape de leur quête sera cruciale. Ils possèdent désormais les preuves qui pourraient exposer *Le Cercle*, mais le danger n'a jamais été aussi imminent. Le temps presse, et ils devront agir vite pour dévoiler au monde les secrets que Sophie a découvert au prix de sa vie.

36. Le Visage du Danger

Le lendemain de leur échappée dans l'entrepôt, Élise, Antoine, et Clara se retrouvèrent dans un petit café discret, situé dans une ruelle peu fréquentée du centre-ville. Leurs visages étaient marqués par la fatigue et la tension des derniers événements, mais ils savaient qu'ils ne pouvaient pas relâcher leur vigilance. Les preuves qu'ils avaient récupérées dans la cachette de Sophie étaient cruciales, mais elles représentaient également un danger imminent pour eux.

Assis autour d'une table dans un coin isolé du café, ils discutèrent des prochaines étapes à suivre. Mais alors qu'ils débattaient de la meilleure manière de rendre ces informations publiques, une ombre planait sur leur discussion. Ils savaient qu'ils n'étaient pas seuls dans cette quête de vérité, et qu'une figure puissante dans le monde de l'art les surveillait de près.

"Nous devons être extrêmement prudents avec ces informations," dit Clara, feuilletant l'un des dossiers récupérés. "Si *Le Cercle* découvre que nous avons ces preuves, ils n'hésiteront pas à nous faire taire, tout comme ils l'ont fait avec Sophie."

Antoine acquiesça, le regard sombre. "Et nous savons qu'ils ont des contacts influents. Ce ne sont pas de simples amateurs d'art que nous affrontons. Ce sont des personnes prêtes à tout pour protéger leurs secrets."

Élise, qui n'avait cessé de penser aux implications de leurs découvertes, ajouta : "Sophie était sur le point de dévoiler un scandale qui aurait ébranlé les fondations du monde de l'art. Nous devons comprendre exactement ce qu'elle avait découvert et qui est impliqué."

C'est alors qu'un homme entra dans le café, attirant leur attention. Il était grand, élégant, avec une prestance qui imposait immédiatement le respect. Ses cheveux grisonnants et ses vêtements impeccables dénotaient d'un certain statut social. Mais c'était surtout son visage qui les frappa : c'était celui de **Jean-Baptiste Lefèvre**, un galeriste et critique d'art influent, connu pour son réseau étendu dans le monde artistique.

Antoine blêmit en reconnaissant l'homme. "C'est lui... C'est Lefèvre."

Élise et Clara se figèrent. Lefèvre était réputé pour son rôle clé dans l'organisation d'expositions de haut niveau, mais aussi pour ses liens supposés avec des transactions artistiques opaques. Ses apparitions dans les cercles les plus fermés de l'art en faisaient une figure aussi admirée que redoutée.

Lefèvre se dirigea lentement vers leur table, un sourire courtois mais calculateur aux lèvres. Lorsqu'il arriva devant eux, il les salua d'un ton presque amical, mais il y avait dans ses yeux une lueur d'avertissement.

"Mesdames, monsieur," dit-il en s'inclinant légèrement. "Il semblerait que nous ayons quelques affaires communes à discuter."

Antoine se redressa, son visage se durcissant. "Que voulez-vous, Lefèvre ?"

Lefèvre prit place à leur table, sans y être invité, et posa son regard perçant sur eux. "Je crois que vous êtes en possession de certains documents... des documents qui ne devraient pas être entre vos mains."

Clara sentit un frisson glacé lui parcourir l'échine. "Et si c'était le cas ? Qu'est-ce que cela changerait pour vous ?"

Lefèvre esquissa un sourire. "Oh, cela changerait beaucoup de choses. Voyez-vous, ce que vous avez découvert menace non seulement certaines personnes, mais tout un réseau de collectionneurs, de galeristes, et de mécènes qui ont œuvré pour maintenir une certaine... stabilité dans le monde de l'art. Sophie était sur le point de tout détruire avec son zèle malavisé."

Élise, malgré la peur qui commençait à la gagner, rétorqua : "Ce que vous appelez stabilité n'est rien d'autre qu'une conspiration pour contrôler l'art, pour dissimuler des vérités et manipuler l'histoire. Sophie voulait dévoiler ces mensonges."

Lefèvre acquiesça calmement. "Et elle a payé le prix de sa curiosité. Ce que vous devez comprendre, c'est que le monde de l'art, tel que vous le connaissez, est façonné par des forces bien au-delà de ce que vous pouvez imaginer. Ces forces ont des intérêts à protéger, et elles le feront par tous les moyens nécessaires."

Antoine serra les poings sous la table. "Vous essayez de nous intimider, mais nous n'allons pas nous laisser faire. Nous avons les preuves, et nous allons les rendre publiques."

Lefèvre haussa les sourcils, un sourire énigmatique sur le visage. "Pensez-vous vraiment que ce sera si facile ? Les médias que vous contactez sont déjà sous surveillance. Les avocats que vous engagez sont déjà influencés. Vous pourriez essayer de rendre tout cela public, mais vous seriez immédiatement discrédités, et vos vies seraient ruinées."

Clara, sentant la colère monter en elle, se pencha en avant. "Pourquoi faites-vous cela ? Qu'est-ce que vous avez à y gagner ?"

Lefèvre la regarda, son sourire s'effaçant légèrement. "Ce n'est pas une question de gain, mademoiselle. C'est une question de préservation. Préservation d'un certain ordre, d'un certain équilibre. Si tout venait à être révélé, le chaos s'ensuivrait. Des carrières seraient brisées, des musées fermés, des œuvres d'art détruites pour effacer les preuves. Ce que Sophie s'apprêtait à faire n'était rien de moins qu'une trahison de tout ce pour quoi nous avons travaillé."

Élise se redressa, une lueur de défi dans les yeux. "Peut-être que cet ordre mérite d'être détruit. Peut-être que ce chaos est nécessaire pour que la vérité éclate."

Lefèvre resta silencieux un moment, les observant avec une attention presque clinique. Puis il se leva, tirant doucement sur les manches de son veston pour les ajuster. "Vous êtes jeunes, idéalistes... C'est presque admirable. Mais sachez que vous jouez à un jeu dangereux. Vous avez encore le choix : abandonnez ces documents, disparaissez, et vous pourrez continuer vos vies sans encombre. Refusez, et vous en subirez les conséquences."

Il les fixa un à un, ses yeux semblant percer leurs âmes. "Ceci est votre dernier avertissement."

Sur ces mots, Lefèvre tourna les talons et quitta le café, laissant le trio assis dans un silence pesant. Le danger était désormais palpable, un visage et un nom incarnant les forces qu'ils affrontaient.

Clara, les mains tremblantes, prit une profonde inspiration. "Qu'est-ce qu'on fait maintenant ?"

Antoine, la mâchoire serrée, répondit : "Nous continuons. Nous ne pouvons pas laisser Sophie tomber dans l'oubli. Mais nous devons être plus intelligents. Lefèvre a montré son vrai visage, et maintenant, nous savons à quoi nous avons affaire."

Élise acquiesça, déterminée. "Nous trouverons un moyen de faire éclater la vérité. Peu importe ce qu'il faudra sacrifier."

Le chapitre se termine sur cette image : le trio, plus uni que jamais, confronté à un ennemi bien plus puissant qu'ils ne l'avaient imaginé, mais résolu à poursuivre leur quête de vérité, malgré le danger qui les entoure. Ils savent maintenant que chaque décision pourrait être leur dernière, mais ils sont prêts à tout pour faire tomber les masques de ceux qui ont trahi Sophie et tant d'autres.

37. Les Souvenirs Tissés

L'air du matin était frais et apaisant, mais dans l'esprit d'Élise, un tourbillon de souvenirs et de révélations récentes ne cessait de la hanter. Après leur rencontre avec Jean-Baptiste Lefèvre, la réalité du danger qu'ils affrontaient était devenue indéniable. Mais pour Élise, ce n'était pas seulement la menace immédiate qui la troublait, c'était aussi les souvenirs de Sophie, des fragments de conversations qu'elles avaient partagées et qui, à l'époque, semblaient anodins.

Installée seule dans son salon, une tasse de café refroidissant entre ses mains, Élise ferma les yeux et laissa son esprit vagabonder dans le passé. Elle se rappelait des moments passés avec Sophie, des discussions sur l'art, la vie, et les mystères qui les fascinaient toutes les deux. Mais à la lumière des récentes découvertes, ces souvenirs prenaient un sens nouveau, révélant des avertissements voilés qu'Élise n'avait pas su comprendre à l'époque.

C'était un après-midi ensoleillé, il y a environ un an. Sophie et elle étaient assises sur le balcon de son appartement, profitant de la chaleur douce de l'été. Sophie, d'un air pensif, avait évoqué des sujets qui semblaient alors sans importance.

"Tu sais, Élise," avait commencé Sophie, ses yeux fixés sur l'horizon, "il y a des choses que nous, en tant qu'artistes, ne voyons pas toujours. L'art, c'est plus que de la beauté, c'est un langage, un code. Parfois, les œuvres d'art cachent des secrets que le temps a essayé de nous faire oublier."

Élise, à l'époque, avait souri à cette réflexion. "C'est ce que j'aime dans l'art, cette capacité à capturer quelque chose d'éternel, même si cela échappe à la plupart des gens."

Sophie avait hoché la tête, mais son expression était devenue plus grave. "Oui, mais parfois, ceux qui découvrent ces secrets se retrouvent dans des situations compliquées. Les vérités cachées peuvent être dangereuses, surtout si elles remettent en question ce que beaucoup ont accepté comme étant la norme."

Élise se souvenait d'avoir ressenti une légère inquiétude à ce moment-là, mais elle avait balayé cette sensation, la mettant sur le compte de l'intensité habituelle de Sophie. Pourtant, maintenant, ces mots résonnaient différemment. Sophie n'essayait-elle pas, même indirectement, de l'avertir du chemin périlleux sur lequel elle s'engageait ?

Une autre conversation revint en mémoire, quelques mois plus tard. Elles se trouvaient dans une galerie, observant une exposition qui mettait en avant des œuvres oubliées de la Renaissance, des peintures aux thèmes obscurs et mystérieux. Sophie, fascinée, avait passé un long moment devant une toile représentant un homme masqué dans un paysage dévasté.

"Regarde cette peinture, Élise," avait-elle murmuré. "L'homme masqué... qu'est-ce que tu vois ?"

Élise, perplexe, avait observé le tableau avant de répondre. "Un homme cachant son identité, entouré de destruction. C'est une scène tragique, mais belle d'une certaine manière."

Sophie avait souri, mais ses yeux étaient tristes. "Peut-être que c'est plus que ça. Et si cet homme ne cachait pas seulement son identité, mais aussi un secret ? Un secret si lourd qu'il en a été dévasté. Parfois, les masques que nous portons sont là pour protéger les autres de la vérité."

À l'époque, Élise n'avait pas compris la portée de ces paroles, mais aujourd'hui, elle voyait les choses sous un autre angle. Sophie savait, elle comprenait les dangers qui l'entouraient, mais elle avait choisi de poursuivre sa quête de vérité malgré tout.

D'autres souvenirs émergèrent, des fragments de discussions où Sophie, toujours énigmatique, laissait entendre que le monde de l'art n'était pas aussi simple qu'il en avait l'air. Elle avait parlé de "forces invisibles", de "vérités cachées dans les ombres", et même de "figures influentes prêtes à tout pour protéger leurs secrets".

Élise se rappelait à présent d'un soir où Sophie, après un vernissage, avait partagé un verre avec elle dans un petit bar tranquille. Ce soir-là, Sophie semblait plus distante que d'habitude, comme si quelque chose la préoccupait profondément.

"Sophie, tu as l'air ailleurs," avait dit Élise, inquiète. "Quelque chose te tracasse ?"

Sophie avait soupiré, son regard fixé sur son verre. "Il y a tant de choses que je voudrais te dire, Élise. Mais parfois, c'est mieux de ne pas savoir. La vérité peut être un fardeau lourd à porter, surtout quand elle va à l'encontre de tout ce qu'on croyait connaître."

Élise, sans se douter de la profondeur de ces mots, avait simplement acquiescé, pensant que Sophie traversait une période difficile. Mais aujourd'hui, elle réalisait que Sophie tentait de la protéger, de la tenir éloignée du danger qu'elle-même affrontait.

Elle ouvrit les yeux, ramenée au présent, les souvenirs se dissipant doucement. Mais le poids de ces révélations pesait sur son cœur. Sophie avait essayé de la prévenir, de lui faire comprendre les risques sans jamais les formuler explicitement. Mais Élise, aveuglée par son admiration et sa confiance en son amie, n'avait pas saisi l'ampleur du danger.

Maintenant, tout était clair. Sophie s'était engagée dans une bataille contre des forces puissantes, et elle avait laissé des indices pour qu'Élise puisse comprendre et poursuivre son œuvre, si jamais elle venait à disparaître. Ce n'était pas un hasard si ces souvenirs refaisaient surface maintenant, au moment où le danger était plus présent que jamais.

Élise se redressa, sentant une nouvelle détermination l'envahir. Elle devait honorer la mémoire de Sophie, poursuivre ce qu'elle avait commencé, et faire en sorte que la vérité éclate enfin. Mais elle devait aussi se préparer, car elle savait que le chemin devant elle serait semé d'embûches.

Elle prit son téléphone et appela Antoine et Clara. "Nous devons parler. J'ai des choses à vous dire sur Sophie... et sur ce que je pense qu'elle voulait que nous fassions."

Le chapitre se termine sur cette note de résolution : Élise, éclairée par les souvenirs tissés dans sa mémoire, est prête à affronter les dangers à venir. Elle comprend maintenant que Sophie avait tenté de la protéger, mais elle sait aussi que la vérité doit être révélée, même si cela signifie affronter les puissantes forces qui cherchent à l'enterrer.

38. Le Duel des Consciences

Antoine se tenait seul dans l'appartement qu'il partageait autrefois avec ses espoirs et ses ambitions, mais qui était désormais rempli de doutes et de colère. Les récentes découvertes avaient éveillé en lui des sentiments qu'il avait essayé de réprimer : un désir brûlant de justice, mais aussi une soif de vengeance contre ceux qui avaient détruit sa vie et celle de Sophie.

Les dossiers qu'ils avaient découverts dans la cachette de Sophie, les menaces voilées de Jean-Baptiste Lefèvre, et la perspective d'un scandale majeur dans le monde de l'art s'entremêlaient dans son esprit, créant un conflit intérieur qu'il peinait à résoudre. Antoine savait qu'ils étaient sur le point de dévoiler une vérité dangereuse, mais il était aussi terrifié par les conséquences que cela pourrait avoir pour Élise et Clara.

Assis sur le bord de son canapé, le visage plongé dans ses mains, Antoine se laissait submerger par ses pensées. D'un côté, il ressentait cette rage bouillonnante, une envie viscérale de faire payer ceux qui avaient causé tant de souffrances, ceux qui avaient conduit Sophie à sa perte. Il voyait leurs visages, leurs sourires hypocrites, et il ne pouvait réprimer l'idée de leur faire goûter à la peur qu'ils avaient infligée.

Mais d'un autre côté, il y avait Élise et Clara. Elles avaient déjà tant sacrifié pour cette quête de vérité, et Antoine savait que les risques qu'ils prenaient n'étaient pas seulement théoriques. Les menaces étaient bien réelles, et il craignait que ses actions n'attirent sur elles la colère de ceux qui voulaient protéger leurs secrets.

Les souvenirs de Sophie, sa voix douce mais ferme, revenaient en lui par vagues. Il se rappelait des moments où elle l'avait mis en garde contre la colère, contre les décisions prises dans la chaleur du moment. "La vengeance ne ramène jamais la justice," lui avait-elle dit un jour. "Elle ne fait que perpétuer le cycle de la douleur."

Mais comment pouvait-il se tenir en retrait alors qu'ils étaient si proches de la vérité ? Comment pouvait-il protéger Élise et Clara tout en laissant impunis ceux qui les traquaient, qui avaient déjà montré qu'ils étaient prêts à tout pour protéger leurs intérêts ?

Antoine se leva brusquement, incapable de rester immobile. Il se dirigea vers la fenêtre, regardant la ville qui s'étendait sous ses yeux. Les lumières scintillantes, les bruits lointains des voitures et des passants... tout semblait étrangement calme, comme si le monde continuait sans se soucier des tourments qui le rongeaient.

Il repensa à tout ce qu'ils avaient découvert : les œuvres d'art dissimulant des secrets, *Le Cercle* et son influence insidieuse, les hommes comme Lefèvre, qui manipulaient l'histoire pour leur propre profit. Il se demanda si la vengeance était vraiment la solution, ou si elle ne ferait que les engloutir davantage dans les ténèbres qu'ils tentaient de dissiper.

Mais chaque fois qu'il pensait à lâcher prise, à trouver une autre voie, les images de Sophie le hantaient. Son rire, sa passion pour l'art, sa quête incessante de vérité... tout cela avait été brisé par des gens qui se croyaient intouchables. Comment pourrait-il leur pardonner ?

La porte de l'appartement s'ouvrit doucement, tirant Antoine de ses pensées. C'était Élise et Clara, leurs visages empreints de la même fatigue et de la même détermination qui les avaient conduits jusqu'ici. Ils s'assirent près de lui, conscients que quelque chose le tourmentait.

"Antoine," commença Élise, sa voix douce mais inquiète. "On voit bien que quelque chose te tracasse. Tu veux en parler ?"

Antoine les regarda, son cœur lourd de tout ce qu'il avait sur le cœur. "Je suis... partagé," avoua-t-il enfin. "J'ai envie de les faire payer pour ce qu'ils ont fait, pour tout ce qu'ils nous ont pris. Mais en même temps, je ne veux pas vous mettre en danger. Je ne sais pas quoi faire."

Clara posa une main réconfortante sur son bras. "Nous sommes tous en danger, Antoine. Depuis le début, nous savons que cette quête est dangereuse. Mais tu n'es pas seul. Nous sommes là pour toi, et nous sommes prêts à affronter ce qui viendra."

Élise acquiesça. "Sophie a commencé quelque chose, quelque chose qui dépasse chacun de nous individuellement. Mais ensemble, nous pouvons continuer son œuvre, sans laisser la haine nous consumer. La vengeance ne ramènera pas Sophie. Mais la justice, si nous l'obtenons, pourrait empêcher que d'autres ne subissent le même sort."

Antoine écouta leurs paroles, sentant une chaleur réconfortante envahir son cœur. Elles avaient raison. La vengeance ne lui apporterait rien d'autre que plus de douleur, et peut-être même la perte de ceux qu'il aimait. Mais la justice, la vraie justice, celle qui dévoilerait la vérité au grand jour, pourrait être la clé pour honorer la mémoire de Sophie et mettre fin aux agissements de *Le Cercle*.

Après un long moment de silence, Antoine se redressa, déterminé. "Vous avez raison. Nous devons nous concentrer sur la vérité, sur la justice. C'est ce que Sophie aurait voulu. Mais nous devons aussi être intelligents, ne pas tomber dans leurs pièges."

Clara et Élise échangèrent un regard, soulagées de voir qu'Antoine avait pris une décision. "Nous ferons tout ce qu'il faut pour y arriver," dit Clara. "Mais nous le ferons ensemble, en nous protégeant les uns les autres."

Antoine hocha la tête, sentant une nouvelle énergie le traverser. "Alors faisons-le. Faisons en sorte que leur emprise sur le monde de l'art se termine ici. Pour Sophie, et pour tous ceux qu'ils ont fait souffrir."

Le chapitre se termine sur cette résolution : Antoine, tiraillé entre la vengeance et la protection de ceux qu'il aime, choisit finalement de se concentrer sur la justice. Élise et Clara, à ses côtés, sont prêtes à l'aider à affronter les dangers à venir. Ensemble, ils s'apprêtent à livrer leur bataille finale contre *Le Cercle*, conscients que chaque pas les rapproche de la vérité, mais aussi du risque ultime.

39. L'Enigme du Musée

La ville était enveloppée d'un voile de brume matinale alors que Clara se dirigeait seule vers un quartier ancien, où les rues pavées résonnaient de ses pas. Ce quartier avait autrefois été un centre vibrant de culture, mais il avait depuis longtemps sombré dans l'oubli. Parmi les bâtiments délaissés se trouvait un vieux musée, jadis un lieu de prestige, aujourd'hui un édifice abandonné, recouvert de lierre et d'ombres.

Clara avait découvert ce lieu en décryptant les derniers indices laissés dans le carnet de Sophie. Elle se souvenait d'un passage énigmatique que Sophie avait écrit : **"Les vérités cachées dans l'art ne peuvent être vues que par ceux qui cherchent au-delà des apparences."** Cette phrase, répétée à plusieurs reprises, pointait vers une exposition cachée, une sorte de galerie secrète où Sophie aurait dissimulé les indices les plus cruciaux de son enquête.

Le musée désaffecté se dressait devant elle, imposant malgré son état de délabrement. La grande porte en bois était légèrement entrouverte, comme une invitation silencieuse à entrer. Clara ressentit une montée d'appréhension, mais aussi une détermination féroce à découvrir ce que Sophie avait laissé pour elle.

Elle poussa la porte, qui s'ouvrit dans un grincement sinistre, et entra dans le musée plongé dans l'obscurité. Une odeur de poussière et d'humidité flottait dans l'air, témoignant des années de négligence. La lumière du jour perçait à peine à travers les fenêtres poussiéreuses, mais Clara alluma sa lampe de poche, le faisceau révélant des toiles délavées et des statues couvertes de toiles d'araignée.

En parcourant les couloirs déserts, Clara eut la sensation que l'endroit n'avait pas été complètement abandonné. Les murs étaient ornés de peintures poussiéreuses, mais certaines œuvres semblaient étrangement intactes, comme si elles avaient été récemment installées. Ces œuvres, plus que les autres, attiraient son attention. Chacune d'elles semblait avoir été choisie avec soin, placée là pour une raison précise.

Clara s'arrêta devant une première peinture, une scène énigmatique représentant une femme au masque doré, seule dans une forêt dense. L'œuvre était magnifique, mais ce qui attira immédiatement son attention fut le détail du masque. En s'approchant, elle remarqua des symboles gravés sur le masque, des symboles qu'elle avait déjà vus dans les documents de Sophie, liés à *Le Cercle*. Ce masque ne cachait pas seulement l'identité de la femme, il cachait aussi une vérité que Sophie avait tenté de révéler.

Sous le cadre de la peinture, Clara trouva une petite plaque en cuivre, sur laquelle étaient gravés des mots : **"Ce que nous cachons n'est pas ce que nous sommes."**

Elle continua son exploration, découvrant d'autres œuvres tout aussi énigmatiques. Une sculpture représentant un homme agenouillé, la tête inclinée en signe de soumission, mais dont le dos portait un tatouage complexe, représentant une carte ancienne. Une photographie en noir et blanc d'une galerie vide, mais avec un reflet étrange dans un miroir, comme si quelqu'un ou quelque chose se cachait dans l'ombre.

Chaque œuvre semblait raconter une partie de l'histoire que Sophie avait voulu révéler, mais qui restait encore incomplète. Clara se déplaça de salle en salle, son cœur battant de plus en plus vite à mesure qu'elle réalisait l'ampleur de ce que Sophie avait accompli ici.

Puis, au centre d'une grande salle où la lumière perçait à peine, elle trouva une installation plus imposante. Il s'agissait d'un triptyque, trois grandes toiles côte à côte, représentant une chronologie visuelle complexe. À gauche, une scène de révolte, des figures abstraites s'élevant contre un pouvoir invisible. Au centre, une figure féminine, encadrée par des symboles anciens et des références mythologiques, semblant porter le poids du monde sur ses épaules. À droite, un paysage dévasté, où les traces d'une grande bataille étaient visibles, mais où un détail ressortait : une clé d'or, posée sur un autel.

Clara s'approcha du triptyque, son esprit cherchant à assembler les pièces du puzzle que Sophie avait laissées. Les peintures semblaient parler de luttes anciennes, de vérités cachées et de sacrifices faits pour protéger des secrets. Mais surtout, elles semblaient indiquer un chemin, une quête qui menait à la découverte ultime : la vérité sur *Le Cercle* et son influence sur le monde de l'art.

Sous le triptyque, une autre plaque de cuivre portait une inscription plus longue : **"Ceux qui cherchent la vérité doivent être prêts à affronter les ténèbres. Car la lumière qui en jaillit peut aussi détruire ce qu'elle éclaire."**

Clara sentit un frisson lui parcourir l'échine. Elle comprit que ces œuvres n'étaient pas seulement des indices, mais un avertissement de Sophie. En suivant ce chemin, elle, Élise, et Antoine risquaient d'éveiller des forces qui feraient tout pour les arrêter. Mais ces œuvres étaient aussi la clé pour comprendre ce que Sophie avait découvert et pourquoi elle avait été réduite au silence.

Soudain, un bruit la fit sursauter. Un craquement léger, venant de l'une des salles adjacentes. Clara éteignit rapidement sa lampe de poche, son cœur battant la chamade. Elle savait que ce musée désaffecté était censé être vide, mais elle ne pouvait s'empêcher de penser que quelqu'un d'autre pouvait être là, peut-être à sa recherche.

Elle resta immobile, écoutant attentivement. Le silence était revenu, mais la tension ne la quittait pas. Elle décida de ne pas prendre de risques et de quitter le musée, emportant avec elle les images mentales des œuvres et les inscriptions gravées dans sa mémoire.

Clara sortit du musée, le cœur encore battant, et rejoignit rapidement Élise et Antoine, qui l'attendaient à l'extérieur, inquiets de son absence prolongée. Elle leur raconta tout ce qu'elle avait découvert, les détails des œuvres, les indices laissés par Sophie, et surtout, l'avertissement voilé.

"Je crois que Sophie a voulu que nous comprenions les sacrifices qu'elle a faits," conclut Clara, la voix tremblante d'émotion. "Elle a laissé ces œuvres pour nous guider, mais aussi pour nous avertir que la vérité que nous cherchons pourrait détruire bien plus que nous ne l'imaginons."

Élise posa une main réconfortante sur l'épaule de Clara. "Nous savons ce que cela implique, et nous sommes prêts à affronter ces ténèbres. Sophie a laissé ces indices pour une raison, et nous devons honorer son courage en allant jusqu'au bout."

Antoine, plus déterminé que jamais, hocha la tête. "Nous sommes proches, très proches. Ces œuvres cachées dans le musée ne sont qu'une partie du puzzle. Si nous voulons vraiment découvrir la vérité, nous devons continuer, ensemble."

Le chapitre se termine sur cette image : Clara, Élise, et Antoine, unis par une résolution commune, sachant que chaque nouveau pas les rapproche du cœur du mystère que Sophie a tenté de dévoiler. Le musée désaffecté, avec ses œuvres énigmatiques, n'est qu'un avant-goût des révélations à venir. Mais ils sont prêts à affronter ce qui les attend, conscients que la lumière de la vérité pourrait bien détruire tout ce qu'ils croyaient connaître.

40. Les Trahisons Dévoilées

La tension dans l'air était presque palpable alors qu'Élise, Antoine, et Clara se retrouvaient dans l'appartement d'Élise, la seule lumière dans la pièce venant des lampes de bureau qui projetaient des ombres inquiétantes sur les murs. Les découvertes récentes, les œuvres énigmatiques du musée désaffecté, et l'avertissement voilé de Sophie avaient laissé une marque indélébile sur chacun d'eux. Mais ce soir-là, une autre ombre plus personnelle et plus terrifiante allait s'abattre sur leur groupe.

Ils étaient assis autour de la table du salon, le silence pesant. Clara feuilletait nerveusement ses notes, tandis qu'Élise et Antoine échangeaient des regards inquiets. Depuis qu'ils avaient quitté le musée, un malaise grandissant s'était installé entre eux, une sensation que quelque chose ne tournait pas rond.

Antoine, les bras croisés, brisa le silence le premier. "Nous avons fait des découvertes importantes, mais... il y a quelque chose que je n'arrive pas à comprendre. Quelque chose qui me tracasse depuis un moment."

Élise le regarda, la nervosité visible sur son visage. "Qu'est-ce que c'est, Antoine ?"

Il prit une profonde inspiration avant de continuer. "Depuis le début de cette enquête, nous avons été confrontés à des obstacles, des pièges... mais ce qui m'inquiète le plus, c'est que certains de ces pièges semblaient... presque personnels. Comme si quelqu'un savait exactement où nous serions, ce que nous ferions."

Clara leva les yeux de ses notes, son visage pâlissant légèrement. "Que veux-tu dire ?"

Antoine la fixa, ses yeux scrutant les siens comme s'il cherchait une vérité cachée. "Et si l'un d'entre nous avait été manipulé depuis le début ? Et si *Le Cercle* avait trouvé un moyen de nous surveiller de l'intérieur, en utilisant l'un de nous sans qu'on le sache ?"

Clara se redressa, ses yeux s'ouvrant en grand. "Tu penses que l'un de nous a été... trahi ? Que l'un de nous pourrait être sous leur influence ?"

Élise sentit son cœur se serrer. "Antoine... tu ne crois pas vraiment que l'un de nous serait capable de ça, n'est-ce pas ?"

Antoine secoua la tête, ses émotions partagées entre la suspicion et la peur. "Je ne veux pas y croire, mais certaines choses ne collent pas. Depuis que nous avons commencé à enquêter, il y a eu des moments où nos mouvements semblaient être anticipés. Et cela ne peut pas être juste une coïncidence."

Le silence retomba, plus lourd et plus oppressant qu'auparavant. Chacun des trois amis sentit le poids des accusations non dites. L'idée que l'un d'entre eux puisse être manipulé par *Le Cercle* les plongeait dans une confusion totale. Leur lien de confiance, forgé au fil des épreuves, était maintenant mis à rude épreuve.

Clara, la voix tremblante, murmura : "Mais... comment savoir si c'est vrai ? Comment savoir si l'un de nous est... compromis ?"

Antoine serra les poings. "Il n'y a qu'un moyen de le savoir. Nous devons revoir chaque étape de notre enquête, chaque décision que nous avons prise, et chercher des indices, des anomalies. Il faut que nous soyons honnêtes les uns avec les autres, même si c'est douloureux."

Élise acquiesça, bien qu'une part d'elle-même refusât de croire que l'un d'eux puisse être responsable. "D'accord. Mais faisons-le ensemble, sans nous accuser mutuellement. Nous devons comprendre ce qui se passe avant de tirer des conclusions."

Ils passèrent les heures suivantes à revisiter leur enquête, analysant chaque mouvement, chaque décision, chaque contact qu'ils avaient eu depuis le début. La tension ne faisait que croître à mesure qu'ils réalisaient combien de fois leurs plans avaient été compromis de manière inexplicable.

Puis, soudain, Clara se figea, les yeux fixés sur un détail dans ses notes. "Attendez... Je me souviens d'un moment où j'ai senti que quelque chose n'allait pas, mais je n'y ai pas prêté attention à l'époque."

Les regards d'Antoine et d'Élise se tournèrent vers elle, leur inquiétude palpable. "Qu'as-tu trouvé ?" demanda Élise, le ton pressant.

Clara sembla hésiter un instant, comme si elle avait peur de ce qu'elle allait dire. "Il y a eu ce jour, juste après que nous avons découvert le premier indice dans le carnet de Sophie. J'ai reçu un appel anonyme. La personne ne parlait pas, mais je pouvais entendre un léger bruit de fond... comme un grésillement, presque imperceptible. J'ai pensé que c'était une erreur, mais maintenant... je me demande si ce n'était pas un signe que quelqu'un surveillait nos conversations."

Antoine fronça les sourcils. "Un appel anonyme ? Pourquoi tu n'en as pas parlé plus tôt ?"

Clara sembla désemparée. "Je ne pensais pas que c'était important. Et puis, à ce moment-là, nous étions tous concentrés sur l'enquête, je ne voulais pas vous inquiéter pour rien..."

Élise posa une main sur le bras de Clara. "C'est normal, Clara. Nous avons tous manqué des signes, pris des décisions sans connaître toutes les informations. Mais cela ne signifie pas que tu as été manipulée."

Mais Antoine, plongé dans ses pensées, sembla soudain se souvenir de quelque chose. "Attendez... Le jour où nous avons été piégés à l'entrepôt, Clara, tu étais la première à nous diriger vers la sortie. Comment savais-tu exactement où se trouvait la porte ?"

Clara resta bouche bée, son regard trahissant une panique grandissante. "Je... je ne sais pas, c'était instinctif. J'ai juste suivi mon instinct..."

Antoine se redressa, son visage se durcissant. "Et si cet instinct avait été influencé ? Et si tu avais été guidée par quelqu'un d'autre, sans même t'en rendre compte ?"

Le silence dans la pièce devint presque insupportable. Clara se recula, ses yeux se remplissant de larmes. "Vous pensez vraiment que j'ai pu trahir Sophie ? Que j'ai pu trahir vous deux, sans même m'en rendre compte ?"

Élise, partagée entre la douleur de voir son amie ainsi acculée et la peur que les soupçons d'Antoine soient fondés, tenta de calmer la situation. "Clara, ce n'est pas ce que nous disons. Mais si tu as été manipulée, ce n'est pas de ta faute. *Le Cercle* est puissant, ils ont des moyens que nous ne comprenons pas encore."

Antoine, voyant la détresse de Clara, adoucit son ton. "Clara, je suis désolé... Je ne veux pas te faire de mal, mais nous devons être sûrs. Si l'un de nous a été manipulé, nous devons le savoir pour pouvoir continuer cette enquête en toute sécurité."

Clara, les larmes aux yeux, hocha lentement la tête. "Je comprends... Mais je vous jure, je n'ai jamais voulu vous trahir. Je ferai tout ce qu'il faut pour prouver que je suis avec vous."

Élise prit Clara dans ses bras, tentant de la réconforter. "Nous allons surmonter ça, ensemble. Si *Le Cercle* a essayé de nous diviser, c'est qu'ils savent que nous sommes sur le point de découvrir la vérité. Mais nous ne les laisserons pas gagner."

Antoine, malgré ses doutes, sentit la colère qu'il avait éprouvée se transformer en une détermination farouche. "Nous devons rester unis. Si *Le Cercle* essaie de nous manipuler, c'est parce qu'ils ont peur de ce que nous pourrions découvrir. Nous ne pouvons pas les laisser nous détruire de l'intérieur."

Le chapitre se termine sur cette note sombre mais résolue : le groupe, confronté à l'idée que l'un d'entre eux a pu être manipulé, décide de rester soudé pour affronter les dangers à venir. Ils savent que leur quête est plus risquée que jamais, mais ils sont déterminés à poursuivre leur chemin, quoi qu'il en coûte, même si cela signifie faire face à des trahisons internes. La vérité est à portée de main, mais les ombres qui les entourent se resserrent, menaçant de tout engloutir.

41. Le Sacrifice

Le soleil se levait à peine sur la ville, mais Élise était déjà éveillée, le cœur lourd et l'esprit tourmenté. La nuit précédente avait été l'une des plus difficiles de sa vie. Les soupçons d'Antoine, les larmes de Clara, et la peur grandissante de voir leur quête échouer l'avaient laissée épuisée, mais déterminée. Les œuvres cachées de Sophie, découvertes dans le musée désaffecté, étaient la clé pour révéler au monde la vérité que *Le Cercle* cherchait désespérément à dissimuler.

Assise à la table de la cuisine, une tasse de café refroidissant devant elle, Élise fixait son téléphone, luttant avec la décision qu'elle savait devoir prendre. Depuis des jours, ils recevaient des menaces anonymes, des avertissements voilés de la part de *Le Cercle*, les exhortant à abandonner leur quête. Mais Élise savait que reculer maintenant signifierait trahir la mémoire de Sophie, et tout ce pour quoi elles avaient lutté.

"Je ne peux plus attendre," murmura-t-elle pour elle-même, la voix brisée par l'émotion. "Si nous continuons à nous cacher, ils gagneront. Sophie n'a pas sacrifié sa vie pour que nous restions silencieux."

Elle savait que la décision qu'elle s'apprêtait à prendre était dangereuse, peut-être même suicidaire. Mais elle croyait fermement que la vérité, une fois exposée au grand jour, aurait le pouvoir de protéger ceux qu'elle aimait. Si tout le monde voyait ce que Sophie avait découvert, *Le Cercle* perdrait le contrôle, et leur influence s'effondrerait.

Élise prit une profonde inspiration, sentant la résolution se cristalliser en elle. Elle se leva, se dirigea vers son bureau, et alluma son ordinateur. Elle avait déjà scanné et photographié les œuvres de Sophie, ainsi que les documents qu'ils avaient récupérés. Maintenant, il était temps de tout dévoiler.

Elle créa un dossier, y ajoutant les œuvres cachées de Sophie, les notes explicatives, et les preuves qu'ils avaient rassemblées. Ensuite, elle rédigea un long message, expliquant qui était Sophie, ce qu'elle avait découvert, et pourquoi elle avait été réduite au silence. Le message était un appel à l'action, un cri du cœur pour que le public prenne conscience de la vérité et refuse de se laisser manipuler par les puissants.

Elle hésita un instant avant de publier le tout sur un site de partage sécurisé, mais ses mains ne tremblaient plus. Elle savait que c'était la seule chose à faire. Une fois le dossier téléchargé, elle envoya le lien à plusieurs journalistes indépendants, des personnes en qui elle avait confiance pour diffuser l'information sans la déformer.

Puis elle se recula de l'écran, la respiration haletante. C'était fait. Le secret de Sophie était désormais public, et rien ne pourrait l'effacer. Mais avec cette décision venait un risque énorme, un risque qu'Élise avait accepté de prendre.

Alors qu'elle s'apprêtait à contacter Antoine et Clara pour les informer de ce qu'elle avait fait, son téléphone sonna. C'était un numéro masqué, mais elle sut immédiatement de qui il s'agissait.

Elle décrocha, le cœur battant la chamade. "Allô ?"

Une voix froide, calme, et dangereusement familière résonna à l'autre bout de la ligne. "Vous venez de commettre une grave erreur, mademoiselle Élise. Vous avez été avertie, mais vous avez choisi de ne pas écouter. Maintenant, vous en subirez les conséquences."

Élise ferma les yeux, serrant le téléphone dans sa main. "Je n'ai rien à perdre. La vérité est dehors maintenant. Vous ne pouvez plus la cacher."

La voix émit un léger rire, glacial. "Vous avez beaucoup à perdre, plus que vous ne l'imaginez. Pensez à vos amis. Pensez à ce qu'il leur arrivera à cause de votre imprudence."

Elle sentit un frisson glacé lui parcourir l'échine, mais elle se força à rester ferme. "S'ils leur arrivent quelque chose, ce sera une preuve supplémentaire de votre culpabilité. Le monde vous jugera."

Il y eut un silence, lourd de menaces. Puis la voix reprit, plus douce, presque insidieuse. "Nous aurions pu faire cela discrètement, Élise. Mais

LES ÉCLATS D'UN RÊVE BRISÉ

vous avez choisi la confrontation. Très bien. Préparez-vous à en affronter les conséquences."

La ligne se coupa brusquement, laissant Élise seule dans le silence de son appartement. Ses mains tremblaient maintenant, non pas de peur, mais de l'immense responsabilité qu'elle venait de prendre sur elle. Elle savait que les menaces étaient réelles, et que *Le Cercle* ne reculerait devant rien pour protéger ses secrets.

Mais en même temps, elle se sentait plus déterminée que jamais. Sophie n'avait pas reculé devant le danger, et maintenant, elle aussi devait faire face. Elle composa rapidement le numéro de Clara, qui décrocha après quelques sonneries.

"Clara, c'est Élise. J'ai fait quelque chose... Je viens de rendre publiques les œuvres de Sophie et toutes les preuves que nous avons rassemblées."

Il y eut un moment de silence, puis la voix de Clara, remplie d'émotion, répondit : "Élise... c'est un risque énorme. Mais je comprends pourquoi tu l'as fait."

"Je n'avais pas le choix," murmura Élise. "Si nous voulons que la vérité sorte, nous devons être prêts à tout. Mais ils savent ce que j'ai fait, et ils ont menacé de s'en prendre à vous."

Clara prit une profonde inspiration. "Nous savions que cela arriverait. Mais nous devons rester forts, unis. Nous avons déjà survécu à tant de choses... Nous pouvons surmonter cela aussi."

Élise hocha la tête, même si Clara ne pouvait pas la voir. "Je vais appeler Antoine. Nous devons nous préparer pour ce qui vient."

Après avoir raccroché avec Clara, Élise appela Antoine, lui expliquant rapidement ce qu'elle avait fait. Il resta silencieux pendant un moment, mais elle pouvait sentir l'inquiétude dans sa voix lorsqu'il répondit.

"Élise... tu as pris une grande décision, et je te respecte pour ça. Mais nous devons être prudents maintenant. Ils ne vont pas nous laisser tranquilles."

"Je sais," répondit-elle. "Mais nous ne pouvons plus reculer. La vérité est sortie. Maintenant, c'est à nous de la défendre."

Le chapitre se termine sur cette image : Élise, seule dans son appartement, ayant pris la décision de sacrifier sa sécurité pour révéler la vérité au grand jour. Elle sait que les jours à venir seront les plus dangereux de sa vie, mais elle est prête à affronter les conséquences de son choix. La lumière de la vérité brille enfin, mais l'ombre de *Le Cercle* se resserre, prête à frapper en retour. Le sacrifice d'Élise pourrait être la clé pour briser leur emprise, mais à quel prix ?

42. Le Silence des Murs

Antoine se tenait devant un bâtiment délabré à la périphérie de la ville, un lieu que le temps semblait avoir oublié. Les murs, autrefois fiers et imposants, étaient désormais fissurés, couverts de graffiti et envahis par la végétation. C'était ici que Sophie venait parfois, un lieu de solitude et de réflexion, mais aussi un endroit où elle avait fait certaines de ses découvertes les plus cruciales.

L'appel d'Élise avait laissé Antoine dans un état de profonde réflexion. Elle avait pris une décision courageuse, mais dangereuse, en rendant publiques les preuves qu'ils avaient collectées. Mais Antoine savait que *Le Cercle* ne resterait pas inactif. Ils allaient réagir, et il était crucial de trouver des preuves supplémentaires, quelque chose de tangible qui pourrait innocenter ou condamner définitivement l'un des acteurs clés de cette conspiration.

Il poussa la porte grinçante de l'ancienne usine, dont les vastes salles résonnaient du silence pesant des lieux abandonnés. La lumière filtrant à travers les fenêtres brisées créait des ombres mouvantes sur le sol poussiéreux. Chaque pas résonnait comme un écho du passé, un rappel des événements qui s'étaient déroulés ici.

Antoine savait que ce lieu avait une signification particulière pour Sophie. Elle y avait passé de longues heures, cherchant des réponses, suivant des pistes qui l'avaient menée à découvrir des vérités cachées. Mais ce qui le troublait le plus, c'était l'incertitude : ce lieu recelait-il des secrets qui pourraient soit les aider, soit les condamner définitivement ?

Il alluma sa lampe de poche et se dirigea vers les recoins sombres de l'usine. Les bureaux abandonnés étaient remplis de vieux dossiers, de chaises renversées, et de meubles poussiéreux. Mais c'était dans une petite pièce, à l'écart des autres, qu'Antoine ressentit une étrange attirance. Cette pièce, moins visible, semblait avoir été un lieu de rencontre secret, un refuge pour ceux qui cherchaient à éviter les regards indiscrets.

En entrant, Antoine sentit une bouffée d'air frais, malgré l'atmosphère confinée. La pièce était presque vide, à l'exception d'un vieux bureau en bois, couvert de feuilles éparses et de cahiers à moitié ouverts. Sur l'un des murs, des morceaux de papier avaient été collés de manière apparemment aléatoire, mais Antoine reconnut immédiatement le style de Sophie. C'était ici qu'elle avait travaillé, ici qu'elle avait rassemblé certaines des preuves les plus accablantes contre *Le Cercle*.

Il s'approcha du bureau et commença à examiner les documents. Parmi les feuilles, il trouva des notes écrites à la main par Sophie, des réflexions sur ses découvertes, des hypothèses sur les motivations de *Le Cercle*. Mais ce qui attira particulièrement son attention fut un cahier en cuir noir, soigneusement caché sous une pile de papiers. Antoine ouvrit le cahier avec précaution, sentant que ce qu'il allait découvrir pourrait changer le cours de leur enquête.

Les premières pages du cahier étaient des observations générales, mais plus Antoine tournait les pages, plus les écrits devenaient personnels, intimes. Sophie y décrivait ses rencontres avec des figures influentes, ses doutes, et ses peurs grandissantes. Mais c'est en arrivant à la dernière partie du cahier qu'Antoine découvrit quelque chose qui le laissa sans voix.

Sophie avait décrit en détail une série de rendez-vous avec une personne qu'elle ne nommait pas directement, mais dont les descriptions étaient familières : **Jean-Baptiste Lefèvre**. Les notes de Sophie révélaient qu'elle avait initialement pensé que Lefèvre pourrait être un allié, quelqu'un qui partageait son désir de dévoiler la vérité. Mais au fil du temps, elle avait commencé à douter de ses intentions.

Une phrase, en particulier, frappa Antoine : **"Lefèvre sait plus qu'il ne le montre. Il joue un double jeu, mais je ne peux pas encore prouver s'il est un ami ou un ennemi."**

Antoine continua de lire, son cœur battant la chamade. Les notes indiquaient que Sophie avait découvert des preuves liant Lefèvre à des transactions douteuses, à des expositions où des œuvres critiques avaient disparu. Mais elle n'avait jamais pu déterminer si Lefèvre était un simple pion, manipulé par *Le Cercle*, ou s'il était l'un de leurs principaux architectes.

Alors qu'il tournait la dernière page du cahier, Antoine trouva une clé, collée à l'intérieur de la couverture. À côté de la clé, une note écrite à la hâte : "**Cette clé ouvre la porte à la vérité. Mais es-tu prêt à faire face à ce que tu découvriras ?**"

Antoine resta un moment, immobile, le cahier ouvert devant lui, la clé froide dans sa main. Il savait que cette clé était symbolique, autant que pratique. Elle représentait la dernière pièce du puzzle, l'élément qui pourrait soit confirmer, soit infirmer les soupçons de Sophie.

Il se leva, le cahier et la clé en main, et sortit de la pièce, déterminé à découvrir ce que Sophie avait voulu révéler. Antoine savait que ce qu'il allait trouver pourrait changer le cours de leur lutte contre *Le Cercle*. Mais il savait aussi que cela pourrait les mettre en danger plus que jamais.

Le chemin le conduisit à un autre secteur de l'usine, là où des portes métalliques robustes se dressaient, fermées depuis des années. Antoine inséra la clé dans l'une des portes, celle qui semblait correspondre à la note de Sophie. Un cliquetis résonna, et la porte s'ouvrit lentement, dévoilant une petite pièce secrète.

À l'intérieur, une lumière tamisée éclairait des étagères remplies de dossiers, de photos, et de documents scellés. Au centre de la pièce, sur une table en bois, un dossier était posé, distinctement marqué : **"Jean-Baptiste Lefèvre : Alliés ou Ennemis ?"**

Antoine s'approcha, le cœur battant à tout rompre. Il ouvrit le dossier, y découvrant des preuves irréfutables de l'implication de Lefèvre dans *Le Cercle*. Des lettres signées de sa main, des photos de rencontres secrètes, des enregistrements de conversations où il discutait des manœuvres du groupe pour manipuler le marché de l'art.

Mais ce n'était pas tout. Antoine trouva aussi des documents qui montraient que Lefèvre avait tenté de protéger Sophie, essayant de la convaincre de ne pas aller trop loin. Il avait été à la fois son protecteur et son bourreau potentiel, pris dans un duel moral entre sa loyauté envers *Le Cercle* et son admiration pour la quête de vérité de Sophie.

Antoine réalisa alors l'ampleur du dilemme que Sophie avait affronté. Lefèvre n'était ni totalement innocent ni entièrement coupable. Il était un homme tiraillé entre deux mondes, mais qui avait finalement fait son choix en se rangeant du côté du pouvoir, même au prix de sa propre conscience.

Le chapitre se termine sur cette révélation : Antoine, tenant les preuves qui pourraient innocenter Lefèvre sur certains points tout en condamnant définitivement son implication avec *Le Cercle*, se trouve face à un choix crucial. Doit-il exposer ces documents, sachant qu'ils pourraient détruire Lefèvre mais aussi compliquer leur quête pour la vérité ? Ou doit-il chercher une autre voie, une qui respecterait le sacrifice de Sophie tout en démasquant ceux qui doivent vraiment répondre de leurs actes ? Le silence des murs de l'usine abandonnée semble peser sur lui, alors qu'il contemple les implications de ce qu'il vient de découvrir.

43. Le Retour de l'Inspiration

Le soleil du matin perçait doucement à travers les rideaux légers de l'atelier d'Élise, baignant la pièce d'une lumière dorée. L'endroit était un sanctuaire de créativité, rempli de toiles, de pinceaux, et de tubes de peinture. Pourtant, depuis des mois, ce lieu qui autrefois fourmillait d'énergie était tombé dans le silence. La disparition de Sophie, les révélations choquantes sur *Le Cercle*, et la lutte pour la vérité avaient éteint en Élise cette flamme artistique qui brûlait autrefois si intensément en elle.

Mais aujourd'hui, quelque chose était différent. Aujourd'hui, Élise se tenait devant une série d'œuvres inachevées de Sophie, les yeux rivés sur les coups de pinceau, les couleurs vibrantes et les formes qui semblaient murmurer des secrets que seule Sophie connaissait. Ces œuvres étaient plus que de simples peintures ; elles étaient des fragments d'une quête, des morceaux d'une vérité que Sophie avait tentée de révéler au monde.

Élise passa ses doigts sur la surface rugueuse d'une toile, sentant la texture sous sa peau, se reconnectant avec cette sensation familière qu'elle avait presque oubliée. Chaque coup de pinceau de Sophie semblait porter une émotion, une intention. Ces œuvres n'étaient pas seulement de l'art, elles étaient un message, un cri du cœur, une lutte pour la justice.

En observant les œuvres, Élise sentit une étincelle d'inspiration jaillir en elle, une étincelle qu'elle n'avait pas ressentie depuis longtemps. Elle comprit que Sophie n'avait pas seulement peint pour elle-même, mais aussi pour ceux qui viendraient après elle, ceux qui auraient le courage de poursuivre son travail.

Les toiles de Sophie étaient inachevées, certaines manquant de détails, d'autres à peine esquissées. Mais c'était comme si elles attendaient quelque chose, ou plutôt quelqu'un, pour les compléter. Élise réalisa alors que ce quelqu'un devait être elle. Elle devait finir ce que Sophie avait commencé, non seulement pour honorer sa mémoire, mais aussi pour apporter la lumière dans l'obscurité que *Le Cercle* avait tenté d'imposer.

Élise se tourna vers son chevalet, les yeux brillants de détermination. Les dernières œuvres de Sophie étaient plus qu'un simple héritage artistique, elles étaient un testament, une mission inachevée. Elle devait reprendre ses pinceaux, non pas pour elle-même, mais pour Sophie, pour la vérité, et pour ceux qui avaient souffert dans l'ombre.

Elle prit une grande inspiration, puis saisit un pinceau. La sensation de la poignée en bois contre sa paume lui sembla à la fois familière et nouvelle. Avec un geste sûr, elle commença à appliquer les premières touches de couleur sur l'une des toiles inachevées. Chaque mouvement était empreint d'une intention nouvelle, d'une compréhension plus profonde de ce que Sophie avait voulu exprimer.

Les heures passèrent sans qu'Élise ne s'en rende compte, totalement absorbée par son travail. La lumière du jour évolua, passant du doré du matin à la clarté vive du midi, puis à la douce lueur de l'après-midi. Chaque couleur, chaque forme prenait vie sous ses doigts, révélant peu à peu le message caché que Sophie avait laissé.

En travaillant, Élise se rappela de toutes les conversations qu'elle avait eues avec Sophie sur l'art, sur la façon dont chaque artiste laisse une partie de son âme sur la toile. Mais elle comprenait maintenant que Sophie avait fait bien plus que cela. Elle avait utilisé l'art comme une arme, comme un moyen de révéler des vérités cachées et de défier ceux qui tentaient de les dissimuler.

Plus Élise peignait, plus elle se sentait connectée à Sophie, comme si l'esprit de son amie la guidait, l'encourageait à continuer. Chaque coup de pinceau était une déclaration, un refus de laisser le silence régner. La toile se remplissait de couleurs et de formes, mais aussi de significations, de messages codés que seuls ceux qui cherchaient vraiment pourraient comprendre.

Elle se rappela aussi des mots de Sophie, une fois, alors qu'elles discutaient de l'importance de l'art dans un petit café. Sophie avait dit : "**L'art est un miroir, Élise. Il reflète non seulement ce que nous voyons, mais aussi ce que nous sommes prêts à affronter. Si tu as peur de ce que tu pourrais découvrir, tu n'arriveras jamais à terminer une œuvre.**"

Ces mots résonnaient maintenant en elle avec une clarté nouvelle. Élise n'avait plus peur. Elle était prête à affronter la vérité, à la peindre sur ces toiles, à la montrer au monde entier. Elle comprit que finir les œuvres de Sophie n'était pas seulement un acte artistique, mais un acte de défi, une manière de dire à *Le Cercle* qu'ils ne pourraient jamais réduire au silence ce que Sophie avait commencé.

Alors qu'elle appliquait les dernières touches sur la toile, Élise se sentit enfin en paix. Elle avait retrouvé son inspiration, non pas pour échapper à la réalité, mais pour la confronter, pour la transformer. En terminant la dernière œuvre de Sophie, elle savait qu'elle venait d'accomplir quelque chose de plus grand qu'elle-même. Elle venait de donner vie à une vérité que *Le Cercle* ne pourrait plus jamais cacher.

Lorsque la dernière touche fut posée, Élise recula, les yeux remplis de larmes, non de tristesse, mais de soulagement. Les œuvres étaient complètes. Le message était clair. Sophie avait laissé un héritage que personne ne pourrait effacer, et Élise avait trouvé en elle la force de le transmettre au monde.

Le chapitre se termine sur cette image : Élise, debout devant les toiles achevées, le visage illuminé par la lumière dorée du soleil couchant. Elle sait qu'elle a terminé ce que Sophie avait commencé, et que la bataille contre *Le Cercle* est loin d'être terminée. Mais pour la première fois depuis longtemps, elle se sent prête à affronter ce qui vient, inspirée par la force de Sophie et par sa propre détermination à faire triompher la vérité.

44. L'Affrontement

La nuit était tombée sur la ville, enveloppant les rues d'une obscurité lourde et menaçante. Dans une vieille maison de maître à l'abandon, nichée au cœur d'un quartier jadis prestigieux, une confrontation fatidique se préparait. Les murs, qui avaient autrefois accueilli des réceptions fastueuses et des discussions intellectuelles, étaient maintenant témoins d'une bataille silencieuse, mais d'une intensité inouïe.

Clara, Élise, et Antoine étaient réunis dans une vaste salle, autrefois un salon majestueux, aujourd'hui une scène de tensions électriques. Le sol de marbre craquait sous leurs pas, et le plafond, orné de fresques ternies par le temps, semblait peser sur eux. Devant eux, se tenait **Jean-Baptiste Lefèvre**, l'antagoniste principal de leur histoire, un homme qui avait orchestré tant de manipulations, de trahisons, et qui maintenant, les affrontait directement.

Lefèvre, d'une élégance froide et calculatrice, affichait un calme déconcertant. Ses yeux perçants, d'un bleu glacial, scrutaient chacun d'eux, évaluant, mesurant leurs peurs, leurs doutes, mais aussi leur détermination. Il savait qu'ils étaient venus pour en finir, pour exposer les secrets de *Le Cercle* et dévoiler ses propres complices. Mais il était prêt, et il ne comptait pas se laisser faire.

"Vous avez été des adversaires dignes d'intérêt," dit Lefèvre, sa voix résonnant dans la salle vide. "Mais tout cela devait finir tôt ou tard. Vous avez joué avec des forces que vous ne comprenez pas pleinement."

Clara, debout à sa droite, serra les poings, son regard brillant de colère. "Vous nous avez manipulés, trahis ceux qui vous faisaient confiance, et tout cela pour quoi ? Pour maintenir votre contrôle sur un monde qui aurait dû évoluer ?"

Lefèvre esquissa un sourire, un rictus plus qu'un véritable sourire. "Le monde de l'art n'est pas fait pour les faibles, Clara. Ceux qui ne savent pas le manier sont écrasés par ceux qui en connaissent les rouages. Sophie... elle était brillante, mais elle ne comprenait pas cela. Elle voulait changer les règles, et elle en a payé le prix."

Antoine, qui avait jusque-là écouté en silence, fit un pas en avant, ses yeux remplis d'une détermination farouche. "Ce que vous ne comprenez pas, Lefèvre, c'est que le contrôle que vous pensez avoir n'est qu'une illusion. Nous avons découvert bien plus que vous ne l'imaginez. Vos secrets ne sont plus en sécurité."

Lefèvre croisa les bras, toujours aussi serein. "Vraiment ? Et qu'allez-vous faire, Antoine ? Publier vos découvertes ? Croyez-moi, *Le Cercle* a des moyens de rendre ces informations obsolètes, de vous discréditer avant même que vous ne puissiez les exposer. Vous êtes seuls contre une machine qui fonctionne depuis des siècles."

Élise, qui tenait une des œuvres terminées de Sophie dans ses mains, prit la parole. "Nous ne sommes pas seuls, Lefèvre. Sophie n'était pas seule. Tout ce que vous avez fait pour nous diviser, pour nous affaiblir, n'a fait que renforcer notre détermination. Et maintenant, nous savons comment vous déjouer."

Lefèvre inclina légèrement la tête, intrigué. "Et comment comptez-vous faire cela, Élise ? Avec un tableau ? Une simple peinture ?"

Élise soutint son regard, levant la toile pour qu'il puisse la voir. "Ce n'est pas qu'un simple tableau. C'est une vérité que vous ne pouvez plus cacher. Sophie a utilisé l'art pour exposer vos mensonges, et maintenant, le monde entier pourra voir ce que vous avez tenté de dissimuler."

Lefèvre, pour la première fois, sembla légèrement déstabilisé. Il connaissait la puissance des symboles et des œuvres d'art. Il savait que certains tableaux pouvaient détruire des réputations, renverser des empires invisibles. Il réalisa que ce qu'Élise tenait dans ses mains pourrait être la clé pour faire tomber *Le Cercle*.

Clara avança à son tour, ses yeux brillants de défi. "Nous avons publié les œuvres de Sophie, et elles se répandent déjà. Vos secrets ne sont plus en sécurité. La lumière est en train de percer, et elle brûlera tout ce qu'elle touchera."

Lefèvre plissa les yeux, comprenant qu'il était acculé. Mais il n'était pas encore prêt à céder. Il sortit un téléphone de sa poche et tapa rapidement un message. "Je pourrais encore inverser la situation," dit-il calmement. "Il suffit d'un mot pour que tout ce que vous avez fait soit réduit en cendres. Ne sous-estimez pas la portée de mon influence."

Antoine, voyant le geste, se précipita en avant, tentant de lui arracher le téléphone, mais Lefèvre esquiva d'un mouvement habile, montrant qu'il n'était pas qu'un simple intellectuel. Une lutte s'engagea entre eux, les deux hommes se battant pour le contrôle de l'appareil. Mais c'est Clara qui intervint de manière inattendue. Elle utilisa une œuvre posée sur une table proche pour déséquilibrer Lefèvre, frappant son bras avec suffisamment de force pour le faire lâcher prise.

Le téléphone tomba au sol et glissa sur le marbre. Antoine s'en empara rapidement et le jeta loin d'eux, hors de portée de Lefèvre.

Lefèvre recula, essoufflé, mais toujours digne. "Vous pensez avoir gagné, mais ce n'est que le début. Vous ne pouvez pas combattre ce que vous ne comprenez pas."

Élise, le souffle court, lui fit face. "Nous comprenons bien plus que vous ne le pensez. Et ce que nous ne comprenons pas encore, nous l'apprendrons. Mais aujourd'hui, ici, c'est vous qui avez perdu. Votre empire de mensonges commence à s'effondrer."

Lefèvre, comprenant que le rapport de force avait changé, se redressa, essayant de retrouver un semblant de contrôle. "Très bien, Élise. Vous avez gagné cette bataille. Mais souvenez-vous, dans ce jeu, il n'y a jamais de vainqueur. Seulement des survivants."

Clara, avec une froide détermination, conclut. "Et nous survivrons. Parce que la vérité ne peut être étouffée. Pas par vous, ni par personne."

Lefèvre, voyant qu'il n'avait plus d'issue, se contenta d'un dernier regard vers eux, un mélange de défi et de résignation, avant de quitter la pièce, disparaissant dans l'obscurité de la nuit.

Le trio resta un moment silencieux, réalisant l'ampleur de ce qu'ils venaient d'accomplir. L'affrontement avec Lefèvre n'était qu'une étape, mais c'était une victoire cruciale. Ils avaient déjoué ses plans, exposé ses mensonges, et surtout, ils avaient prouvé que la vérité pouvait triompher.

Élise, tenant toujours la toile de Sophie, sourit faiblement. "Nous avons réussi... mais ce n'est pas fini. Nous devons continuer à nous battre, à exposer la vérité, peu importe les risques."

Antoine hocha la tête, déterminé. "Et nous le ferons ensemble, comme nous l'avons toujours fait."

Clara, les rejoignant, posa une main sur leurs épaules. "Pour Sophie, pour nous, et pour tous ceux qui viendront après. Nous devons finir ce que nous avons commencé."

Le chapitre se termine sur cette image : le trio, uni et résolu, sachant que le combat contre *Le Cercle* est loin d'être terminé, mais renforcé par la conviction que, ensemble, ils peuvent triompher de l'ombre et faire éclater la lumière de la vérité. Leurs vies seront à jamais changées, mais leur mission est plus claire que jamais : faire tomber ceux qui ont construit leur pouvoir sur le mensonge et la manipulation.

45. Le Dernier Coup de Pinceau

Le soleil du matin se levait doucement, baignant l'atelier d'Élise d'une lumière dorée qui semblait presque irréelle. L'air était rempli de l'odeur familière de la peinture à l'huile et du bois des chevalets, créant une atmosphère à la fois apaisante et chargée d'émotions. Élise se tenait devant une grande toile, la dernière œuvre inachevée de Sophie, celle qu'elle avait longtemps hésité à toucher, de peur de trahir l'intention originale de son amie.

Mais aujourd'hui, tout était différent. L'affrontement avec Lefèvre, les révélations, et la lutte pour exposer la vérité avaient éveillé en elle une force nouvelle, une conviction que cette œuvre devait être terminée, non seulement pour honorer Sophie, mais aussi pour symboliser tout ce pour quoi elles avaient combattu.

La toile devant elle était un chef-d'œuvre en devenir. Sophie y avait esquissé une scène complexe, où des figures humaines, symboliques, se mêlaient à des éléments naturels, créant un paysage à la fois serein et tourmenté. Mais certaines parties de la peinture restaient inachevées, les coups de pinceau s'interrompant brusquement, comme si Sophie avait été arrachée à son travail avant de pouvoir le terminer.

Élise prit un pinceau, l'esprit concentré, le cœur lourd mais déterminé. Elle savait que cette œuvre devait être plus qu'une simple finition. Elle devait y ajouter sa propre touche, sa propre vision, tout en respectant l'essence de ce que Sophie avait commencé.

Elle approcha doucement le pinceau de la toile, appliquant la première touche de couleur avec une délicatesse infinie. Chaque coup de pinceau était réfléchi, chaque mouvement imprégné de la mémoire de Sophie, mais aussi de la conviction qu'Élise avait désormais trouvée en elle-même. Elle ajouta des détails subtils, des nuances dans les ombres, des éclats de lumière là où Sophie avait laissé des espaces vides.

Au fur et à mesure qu'Élise travaillait, la peinture prit vie d'une manière qu'elle n'avait pas anticipée. Les figures humaines, autrefois incomplètes, commencèrent à se mouvoir sous son pinceau, leurs expressions se précisant, leurs gestes se transformant en un langage silencieux mais puissant. Les éléments naturels, auparavant flous, se cristallisèrent en une harmonie délicate, où chaque feuille, chaque brin d'herbe semblait raconter une histoire.

Elle se perdit dans le processus, oubliant le monde extérieur, oubliant le temps qui passait. La lumière du matin se transforma en celle de l'après-midi, puis en la douce lueur du crépuscule. Mais Élise ne s'arrêtait pas. Elle savait que cette œuvre devait être achevée avant la fin du jour, avant que les ombres ne recouvrent entièrement la ville.

Chaque coup de pinceau était un hommage à Sophie, à sa quête de vérité, à son courage. Mais c'était aussi une affirmation d'Élise, une déclaration qu'elle aussi faisait désormais partie de cette lutte, qu'elle portait en elle la flamme de la justice et de la créativité.

Enfin, après des heures de travail acharné, Élise posa le pinceau, reculant pour admirer l'œuvre achevée. Le tableau devant elle était bien plus qu'une simple peinture. C'était une synthèse de deux âmes, celle de Sophie et la sienne, fusionnées en une création unique, un témoignage visuel de leur lutte commune.

La scène représentée était puissante : des figures humaines, autrefois dispersées, étaient maintenant unies, se tenant par la main, formant un cercle autour d'un arbre majestueux, symbole de vie et de résilience. Les couleurs, vives et profondes, exprimaient à la fois la douleur du passé et l'espoir d'un avenir meilleur. Le ciel au-dessus d'eux, autrefois orageux, s'était transformé en une étendue de lumière dorée, symbolisant la vérité enfin révélée.

Élise sentit les larmes monter à ses yeux, non pas de tristesse, mais de soulagement, de fierté. Elle avait terminé ce que Sophie avait commencé, mais elle y avait aussi ajouté sa propre voix, son propre message. Cette œuvre était désormais complète, prête à être dévoilée au monde.

Elle savait que cette peinture deviendrait plus qu'un simple tableau. Elle serait un symbole de rédemption, de vérité, et de justice. Un témoignage de ce qu'elles avaient accompli, de ce qu'elles avaient sacrifié, et de ce qu'elles avaient gagné.

Élise essuya une larme solitaire qui coulait sur sa joue, puis sourit doucement. Elle savait ce qu'elle devait faire ensuite. Elle exposerait cette œuvre au grand jour, la partagerait avec le monde entier, en hommage à Sophie et à tous ceux qui avaient lutté pour la vérité.

Le chapitre se termine sur cette image : Élise, debout devant la toile achevée, baignée par la lumière dorée du soleil couchant. La peinture est un symbole vivant de la lutte contre l'oppression, une déclaration artistique que la vérité, malgré tous les obstacles, finit toujours par triompher. Avec cette œuvre, Élise se sent enfin en paix, prête à faire face au monde, armée de la force que lui a donnée Sophie et de sa propre résilience retrouvée.

46. Les Révélations Publiques

Le jour tant attendu était enfin arrivé. La grande salle d'exposition du Musée d'Art Moderne était prête, baignée d'une lumière douce qui mettait en valeur chaque détail, chaque couleur des œuvres exposées.

Mais parmi toutes les toiles, une seule attirait véritablement tous les regards : celle qu'Élise avait terminée, cette peinture née de la collaboration posthume entre Sophie et elle-même. Une œuvre qui portait en elle les vérités cachées et les luttes intimes de deux âmes unies par une quête commune.

L'exposition avait été organisée rapidement, mais avec une précision méticuleuse. Des journalistes, des critiques d'art, des mécènes influents, et des amateurs d'art du monde entier s'étaient rassemblés, attirés par les rumeurs d'une révélation qui allait bouleverser le monde de l'art et au-delà. Mais plus encore, ils étaient venus pour voir de leurs propres yeux ce que beaucoup appelaient déjà "La Peinture de la Vérité."

Lorsque les portes du musée s'ouvrirent, une foule de visiteurs afflua dans la grande salle. Les murmures emplissaient l'espace, l'excitation et la curiosité se mêlaient à une certaine appréhension. Tous savaient que ce qu'ils allaient découvrir ici allait changer quelque chose, non seulement dans l'art, mais aussi dans la perception de la vérité et de la justice.

Au centre de la salle, sous les feux des projecteurs, la toile achevée par Élise trônait comme une icône sacrée. Les couleurs vives, les formes puissantes, et les détails minutieux captaient l'attention de tous ceux qui s'en approchaient. Mais ce n'était pas seulement la beauté de l'œuvre qui les fascinait ; c'était aussi ce qu'elle représentait : un acte de défi, un cri du cœur, une déclaration que la vérité ne pouvait être enterrée.

Les premiers visiteurs, en s'arrêtant devant la toile, restèrent sans voix. Des larmes, des sourires, des expressions de choc et d'admiration se reflétaient sur les visages, capturés par l'intensité de l'œuvre. Chaque détail racontait une histoire, chaque coup de pinceau portait un message, et il devint rapidement évident pour tous que cette peinture était bien plus qu'un simple tableau.

Alors que l'exposition avançait, Élise, vêtue d'une robe noire élégante mais discrète, se tenait à l'écart, observant la réaction du public. Elle avait évité de faire des déclarations publiques avant ce jour, préférant laisser l'œuvre parler d'elle-même. Mais elle savait que le moment viendrait bientôt où elle devrait répondre aux questions, expliquer ce qui se cachait derrière cette œuvre et les vérités qu'elle révélait.

Clara et Antoine étaient à ses côtés, partageant à la fois l'anxiété et la fierté d'Élise. Ils savaient que cette exposition marquait le début de quelque chose de bien plus grand, une onde de choc qui se propagerait dans tout le monde de l'art et au-delà.

Le point culminant de l'exposition arriva lorsque le conservateur du musée, un homme d'un certain âge au regard perçant, prit la parole devant la toile. La salle tomba dans un silence respectueux tandis que les flashs des appareils photo crépitaient autour de lui.

"Ladies and Gentlemen," commença-t-il, sa voix résonnant dans la salle, "nous sommes aujourd'hui témoins d'un moment historique, non seulement pour le monde de l'art, mais pour la vérité elle-même. Cette peinture, fruit du travail de deux âmes courageuses, révèle bien plus qu'une simple image. Elle est le symbole d'une lutte pour la justice, un combat pour la vérité qui a coûté la vie à une artiste brillante, Sophie... et qui a été achevé par son amie et collaboratrice, Élise."

Des murmures d'approbation parcoururent la salle, tandis que les journalistes se préparaient à retranscrire chaque mot prononcé. Le conservateur continua, son ton devenant plus grave.

"Cette œuvre n'est pas seulement une peinture. C'est un témoignage. Elle révèle des secrets que certains ont tenté de cacher pendant des décennies, peut-être même des siècles. Aujourd'hui, nous sommes ici pour rendre justice à ceux qui ont été réduits au silence, pour exposer les manipulations de ceux qui ont tenté de réécrire l'histoire pour servir leurs propres intérêts."

Il se tourna alors vers Élise, l'invitant à le rejoindre. Elle s'avança, le cœur battant, sous le regard attentif de la foule. Les caméras se braquèrent sur elle, les lumières l'enveloppant alors qu'elle se tenait devant l'œuvre.

"Élise," reprit le conservateur, "vous avez achevé ce que Sophie avait commencé. Pouvez-vous nous dire ce que cette peinture représente pour vous, et pour tous ceux qui ont soutenu cette quête de vérité ?"

Élise prit une profonde inspiration, regardant la toile avant de répondre. "Cette peinture... n'est pas seulement une œuvre d'art. C'est le résultat d'une lutte, d'une quête de justice, d'un combat contre ceux qui ont voulu manipuler l'histoire à leur avantage. Sophie a sacrifié sa vie pour que cette vérité soit révélée, et c'est à travers cette œuvre que nous avons pu poursuivre son travail."

Elle marqua une pause, sentant les larmes lui monter aux yeux, mais elle continua avec détermination. "Cette toile est un symbole de rédemption, un rappel que, malgré les forces qui tentent de nous réduire au silence, la vérité finit toujours par triompher. Nous devons cette vérité à Sophie, à tous ceux qui ont été victimes de ces manipulations, et à ceux qui ont le courage de se tenir debout pour ce qui est juste."

La salle éclata en applaudissements, un hommage sincère à ce qu'Élise, Clara, Antoine, et surtout Sophie avaient accompli. Mais au-delà des applaudissements, un frisson d'excitation parcourait l'assistance. Ils savaient que les répercussions de cette exposition seraient énormes.

Dans les heures qui suivirent, les médias commencèrent à relayer les informations. Les chaînes de télévision, les sites d'actualité, et les réseaux sociaux se remplirent d'articles, d'analyses, et de commentaires sur l'exposition et ce qu'elle révélait. Le scandale que *Le Cercle* avait tenté de cacher éclatait au grand jour.

Les implications étaient immenses. Des figures influentes du monde de l'art et de la finance, jusque-là intouchables, furent mises en cause. Des enquêtes furent ouvertes, des alliances furent brisées, et un vent de changement souffla sur le monde de l'art. Les œuvres cachées de Sophie, révélées au public, devinrent des symboles de résistance contre l'oppression et la manipulation.

Le chapitre se termine sur cette image : Élise, debout devant la toile achevée, entourée de Clara et Antoine, regardant la foule se rassembler autour de l'œuvre. La vérité qu'ils avaient combattue pour révéler était enfin connue, et avec elle, les premières lueurs d'un nouveau départ, où la justice et l'intégrité artistique triompheraient sur le mensonge et la corruption. Le chemin avait été long et ardu, mais la lumière de la vérité brillait enfin au grand jour, éclairant un avenir où les sacrifices de Sophie ne seraient jamais oubliés.

47. Les Ombres du Tribunal

Le jour du procès était arrivé, et avec lui une atmosphère lourde de tension et de secrets à peine dissimulés. La salle du tribunal, habituellement austère, était aujourd'hui remplie d'une énergie électrique. Les bancs étaient occupés par des journalistes, des critiques d'art, des avocats de renom, et des représentants du monde entier, tous venus assister à un événement qui s'annonçait comme l'un des procès les plus médiatisés de la décennie.

Au centre de cette attention se trouvait **Jean-Baptiste Lefèvre**, autrefois respecté dans le monde de l'art, maintenant déchu et accusé de crimes graves allant bien au-delà des simples manipulations artistiques. Les révélations qui avaient émergé après l'exposition de la peinture d'Élise avaient ébranlé des institutions, et aujourd'hui, la justice cherchait à faire la lumière sur les agissements de *Le Cercle* et des forces obscures qu'il représentait.

Lefèvre, assis dans le box des accusés, arborait une expression stoïque, presque résignée. Mais derrière cette façade impassible, il restait une figure énigmatique, consciente que ce procès n'était pas seulement le sien, mais celui de tout un système qui avait prospéré dans l'ombre.

Les premiers jours du procès furent consacrés aux témoignages des victimes, des experts en art, et des enquêteurs qui avaient découvert les liens entre Lefèvre et *Le Cercle*. Chaque mot, chaque preuve présentée semblait tisser une toile de plus en plus inextricable autour de l'accusé. Mais le clou du procès devait être le témoignage d'Antoine, celui qui, bien malgré lui, était lié à ce scandale depuis de nombreuses années.

Lorsqu'Antoine fut appelé à la barre, un silence pesant s'abattit sur la salle. Tous les regards se tournèrent vers lui, conscients que ce qu'il allait dire pourrait faire basculer le procès d'un côté ou de l'autre. Antoine, le visage marqué par les tourments de son passé, se leva lentement, croisant le regard d'Élise et de Clara, qui étaient assises parmi l'assistance, leur soutien silencieux mais inébranlable.

Il s'avança vers la barre, ses pas lourds de tout ce qu'il portait en lui. Une fois installé, il prit une profonde inspiration, prêt à exposer au grand jour les parts les plus sombres de son histoire.

"Veuillez décliner votre identité pour la cour," demanda le juge, une femme d'un certain âge au regard perçant.

"Antoine Dumont," répondit-il, sa voix ferme malgré la nervosité qui l'envahissait.

"Vous êtes appelé à témoigner aujourd'hui sur des événements qui remontent à plusieurs années," continua le juge. "Des événements qui, selon les documents fournis à cette cour, montrent que vous avez été en contact direct avec Jean-Baptiste Lefèvre et avec certains membres de *Le Cercle*. Pouvez-vous nous dire, dans vos propres mots, ce qui vous a conduit ici aujourd'hui ?"

Antoine prit un moment pour rassembler ses pensées. Il savait que ce qu'il s'apprêtait à dire serait difficile, non seulement pour lui, mais aussi pour ceux qui l'écoutaient. Mais il savait aussi que c'était nécessaire. La vérité devait être révélée, peu importe les conséquences.

"Tout a commencé il y a plusieurs années, lorsque j'étais encore un jeune homme ambitieux, prêt à tout pour percer dans le monde de l'art," commença-t-il, la voix légèrement tremblante. "À cette époque, j'ai découvert une peinture ancienne, apparemment sans grande valeur, mais qui, à y regarder de plus près, contenait des symboles étranges, des indices cryptés... Je ne savais pas alors que cette découverte allait changer ma vie."

Il continua, racontant comment il avait vendu l'information à un collectionneur privé, un homme puissant qui s'était avéré être lié à *Le Cercle*. "J'étais jeune, naïf... et avide de reconnaissance," admit-il, les mots lui pesant. "Je n'ai pas posé de questions. J'ai pris l'argent et j'ai tourné le dos à ce que je savais être une opportunité suspecte."

LES ÉCLATS D'UN RÊVE BRISÉ

Les révélations d'Antoine plongèrent la salle dans un silence attentif, chaque mot résonnant comme une confession publique de ses erreurs passées. "Ce n'est que bien plus tard que j'ai compris l'ampleur de ce que j'avais fait. Cette peinture faisait partie d'une série d'œuvres cachant des secrets importants, et en la vendant à *Le Cercle*, j'ai indirectement contribué à leurs manœuvres."

Il raconta ensuite sa rencontre avec Sophie, comment elle avait peu à peu découvert la vérité, et comment elle s'était retrouvée impliquée dans une enquête qui la dépassait. "Sophie était brillante, déterminée, mais aussi vulnérable. Elle croyait en la vérité, en la justice, et c'est pour cela qu'elle est morte. Parce que des gens comme Lefèvre ne pouvaient pas permettre à la vérité de sortir."

Lefèvre, assis dans le box des accusés, ne montra aucune réaction visible aux paroles d'Antoine, mais ses yeux trahissaient une lueur de tension.

Antoine termina son témoignage en expliquant comment il avait rejoint Élise et Clara pour finir ce que Sophie avait commencé. "Nous avons fait tout ce que nous pouvions pour révéler la vérité, pour rendre justice à Sophie et à tous ceux qui ont été manipulés par *Le Cercle*. Et aujourd'hui, je suis ici pour assumer ma part de responsabilité, mais aussi pour m'assurer que ceux qui ont réellement orchestré tout cela ne s'en sortent pas impunis."

Le juge hocha la tête, l'expression grave. "Merci pour votre témoignage, Monsieur Dumont. La cour vous remercie pour votre honnêteté."

Antoine quitta la barre, sentant un poids immense se libérer de ses épaules. Il retourna à sa place, soutenu par les regards pleins de fierté d'Élise et de Clara. Ils savaient que ce qu'il venait de faire demandait un courage immense, et que cela marquait un tournant décisif dans le procès.

Mais le procès était loin d'être terminé. Les révélations d'Antoine avaient ouvert la porte à d'autres secrets enfouis. Les procureurs continuèrent d'interroger d'autres témoins, dévoilant des documents et des preuves qui impliquaient non seulement Lefèvre, mais aussi d'autres figures influentes, jusque-là intouchables.

Chaque nouvelle révélation faisait trembler les fondations du monde de l'art, exposant les machinations de *Le Cercle* et les crimes commis pour protéger ses intérêts. Des noms jusque-là respectés furent traînés dans la boue, des carrières furent brisées, et des institutions autrefois vénérées furent mises en cause.

Le chapitre se termine sur cette image : Antoine, assis parmi l'assistance, observant le procès se dérouler avec une expression mêlée de soulagement et de gravité. Il sait que le chemin vers la justice est encore long, mais il est désormais prêt à affronter ce qui vient, avec la conscience d'avoir enfin révélé la vérité. Le tribunal, baigné dans les ombres des secrets dévoilés, devient le théâtre où la justice et la vérité se rencontrent, où les ombres du passé sont enfin dissipées par la lumière du jour.

48. Les Cicatrices Partagées

Le tribunal s'était enfin vidé, laissant derrière lui un écho de murmures et de chuchotements. La justice avait commencé son travail, mais pour Clara, le véritable combat se déroulait à l'intérieur d'elle-même. Tandis qu'elle sortait du bâtiment imposant, le froid de la nuit commençait à se faire sentir, mordant sa peau et pénétrant ses pensées.

Les révélations du procès, les témoignages d'Antoine, et le souvenir de Sophie pesaient lourdement sur son cœur. Depuis des mois, Clara avait été prise dans une spirale de peur, de lutte, et de révélations qui avaient ébranlé son monde. Mais au-delà de tout cela, ce qui la hantait le plus, c'était ce qu'elle avait mis de côté : son amour pour l'écriture.

Clara s'était toujours vue comme une rêveuse, une conteuse d'histoires, mais la vie avait peu à peu effacé cette partie d'elle. La disparition de Sophie, l'implication dans le scandale de *Le Cercle*, et la lutte pour la vérité avaient éteint en elle cette flamme créatrice. Elle s'était concentrée sur la survie, sur la quête de justice, oubliant ce qui l'avait autrefois définie.

Ce soir-là, en rentrant chez elle, Clara s'effondra sur son canapé, les émotions refoulées revenant à la surface. Les larmes qu'elle avait contenues si longtemps coulèrent librement, lavant son visage des cicatrices invisibles laissées par ces derniers mois. Mais au milieu de cette tempête émotionnelle, une pensée émergea, claire et insistante : elle devait écrire.

L'écriture avait toujours été son refuge, son moyen de comprendre le monde et de guérir ses blessures. Elle se rappela de ce manuscrit inachevé, oublié dans un tiroir, qu'elle avait commencé bien avant que tout cela ne se produise. Une histoire d'espoir, de lutte, de rédemption. Mais maintenant, elle avait une nouvelle histoire à raconter, une histoire qu'elle devait écrire non seulement pour elle, mais aussi pour Sophie, Antoine, Élise, et tous ceux qui avaient été touchés par ce scandale.

Inspirée par le courage de Sophie, Clara se leva, séchant ses larmes. Elle alluma son ordinateur, sentant la familiarité rassurante du clavier sous ses doigts. Elle ouvrit un nouveau document, l'écran blanc brillant devant elle, attendant que les mots commencent à couler.

Au début, elle hésita, les mots lui échappant, comme si elle avait oublié comment écrire. Mais elle pensa à Sophie, à tout ce qu'elle avait enduré, à tout ce qu'ils avaient traversé ensemble. Et soudain, les mots vinrent, d'abord lentement, puis en un flot continu.

Clara commença à écrire l'histoire de ce qu'ils avaient vécu, de la lutte contre *Le Cercle*, de la quête de vérité qui les avait unis. Mais plus que cela, elle écrivit sur les cicatrices qu'ils portaient tous, visibles et invisibles. Elle écrivit sur le courage de Sophie, sur la force d'Élise, sur la rédemption d'Antoine, et sur sa propre bataille intérieure.

Chaque mot était un acte de guérison, chaque phrase un pas vers la réconciliation avec elle-même. Elle n'était plus seulement une témoin de ces événements, elle devenait leur chroniqueuse, la gardienne de leurs histoires. Elle savait que ce qu'elle écrivait pourrait un jour devenir un livre, un témoignage de leur lutte, mais pour l'instant, c'était simplement un moyen de transformer la douleur en quelque chose de beau et de significatif.

Les heures passèrent, mais Clara ne sentait pas la fatigue. La nuit avançait, et les premières lueurs de l'aube commençaient à filtrer à travers les rideaux. Mais elle continuait d'écrire, portée par une énergie nouvelle, par une inspiration retrouvée. Pour la première fois depuis longtemps, elle se sentait à nouveau entière, comme si l'acte d'écrire recollait les morceaux de son âme brisée.

Elle se rappela des conversations qu'elle avait eues avec Sophie, de leurs discussions sur l'art, la vérité, et l'écriture. Sophie lui avait toujours dit que les histoires avaient le pouvoir de changer les gens, de les toucher là où rien d'autre ne pouvait atteindre. Et maintenant, Clara comprenait enfin ce que cela signifiait.

LES ÉCLATS D'UN RÊVE BRISÉ

Au fur et à mesure qu'elle écrivait, Clara sentait les cicatrices en elle se refermer lentement, pas complètement, mais suffisamment pour qu'elle puisse respirer à nouveau, pour qu'elle puisse voir la lumière au bout du tunnel. Elle savait que l'histoire qu'elle écrivait n'effacerait jamais les douleurs qu'ils avaient vécues, mais elle leur donnerait un sens, une place dans le grand tableau de leur vie.

Le chapitre se termine sur cette image : Clara, assise à son bureau, le visage éclairé par l'écran de son ordinateur, les yeux brillants de détermination et d'inspiration retrouvée. Les premières lueurs du jour baignent la pièce d'une douce lumière, alors qu'elle continue d'écrire, transformant leurs cicatrices partagées en une histoire de courage, de vérité, et d'espoir. Le chemin qu'ils ont parcouru ensemble est encore parsemé d'obstacles, mais avec chaque mot qu'elle écrit, Clara aide à guérir les blessures, à immortaliser leur lutte, et à faire en sorte que leur histoire ne soit jamais oubliée.

49. Les Promesses de Demain

Le ciel de la ville était clair et lumineux, une brise douce caressant les visages d'Élise et d'Antoine alors qu'ils se promenaient ensemble dans un quartier pittoresque, loin du tumulte du centre-ville. Ils avaient traversé tant d'épreuves, tant de nuits blanches et de jours d'incertitude, mais aujourd'hui, pour la première fois depuis longtemps, ils sentaient qu'une nouvelle page se tournait, pleine de promesses et d'espoir.

Le procès était derrière eux, les révélations avaient éclaté au grand jour, et malgré les difficultés, ils savaient que leur lutte n'avait pas été vaine. *Le Cercle* avait été exposé, ses membres traqués, et les bases de ce pouvoir corrompu avaient commencé à s'effondrer. Mais pour Élise et Antoine, le plus important était le chemin qu'ils avaient parcouru pour arriver là. Ils avaient affronté leurs démons, fait face à leurs erreurs, et surtout, ils avaient trouvé en eux la force de se reconstruire.

Alors qu'ils marchaient, Antoine brisa le silence, sa voix calme mais empreinte de réflexion. "Tu sais, Élise, je n'ai jamais pensé qu'on arriverait ici. Il y a encore quelques mois, j'étais persuadé que tout était perdu, que mon passé me rattraperait et que je finirais par tout perdre. Mais aujourd'hui... je me sens différent, comme si un poids énorme avait été levé de mes épaules."

Élise hocha la tête, le regard fixé sur le chemin devant eux. "Moi aussi, Antoine. Je crois que nous avons tous les deux appris à faire la paix avec notre passé. Ce n'est pas facile, et les cicatrices sont toujours là, mais je sens qu'on est prêt à aller de l'avant."

Ils continuèrent de marcher, appréciant le silence complice qui s'était installé entre eux. Le quartier qu'ils traversaient était plein de charme, avec ses petites boutiques, ses cafés accueillants, et ses galeries d'art nichées entre des immeubles anciens. C'était un lieu où l'art et la culture semblaient se mêler harmonieusement à la vie quotidienne, un endroit où la créativité pouvait s'épanouir.

LES ÉCLATS D'UN RÊVE BRISÉ

Alors qu'ils passaient devant une vieille bâtisse en pierre, Antoine s'arrêta soudain, une idée traversant son esprit. "Élise, regarde cet endroit." Il désigna le bâtiment devant eux, un ancien entrepôt transformé en une galerie d'art qui semblait avoir perdu de son éclat avec le temps. Les fenêtres étaient sales, la façade craquelée, mais il y avait encore quelque chose de noble dans la structure, une beauté cachée sous la poussière et la négligence.

Élise observa le bâtiment, puis regarda Antoine, intriguée. "Qu'est-ce que tu as en tête ?"

Antoine sourit légèrement, un éclat de détermination dans les yeux. "Et si on repartait à zéro, ici, ensemble ? Et si on créait notre propre galerie d'art, un endroit où l'on pourrait exposer des œuvres qui comptent, qui racontent des histoires, qui honorent la mémoire de Sophie et de tous ceux qui se battent pour la vérité ?"

Élise sentit une vague d'émotion la traverser. L'idée de recommencer, de créer quelque chose de nouveau à partir de tout ce qu'ils avaient appris, résonnait profondément en elle. "Tu penses vraiment qu'on pourrait faire ça ?"

Antoine hocha la tête, plus sûr que jamais. "Je le pense, oui. Nous avons tous les deux besoin de quelque chose de positif, de quelque chose qui nous rappelle pourquoi nous aimons l'art, pourquoi nous avons choisi ce chemin. Une galerie pourrait être plus qu'un simple lieu d'exposition. Elle pourrait devenir un sanctuaire, un endroit où les gens viennent non seulement pour admirer des œuvres, mais pour comprendre les histoires qui les ont inspirées."

Élise sourit, touchée par l'enthousiasme d'Antoine. "J'aime cette idée. Une galerie qui ne serait pas seulement une galerie, mais un espace de réflexion, de partage... un lieu où la mémoire de Sophie vivrait à travers chaque œuvre exposée."

Ils se rapprochèrent du bâtiment, regardant à travers les fenêtres poussiéreuses l'intérieur vide mais plein de potentiel. L'espace était vaste, les murs hauts, offrant de nombreuses possibilités. Mais plus que cela, il y avait une ambiance particulière, quelque chose qui leur fit penser que cet endroit avait besoin d'être redécouvert, restauré, et rempli de vie.

Antoine posa une main sur l'épaule d'Élise. "Qu'en dis-tu, Élise ? Veux-tu te lancer dans cette aventure avec moi ? Nous pourrions faire quelque chose de vraiment spécial ici, quelque chose qui honorerait tout ce que nous avons traversé."

Élise sentit une vague de chaleur l'envahir. Elle savait que ce ne serait pas facile, qu'il y aurait des défis, des obstacles, mais elle sentait aussi que c'était ce dont elle avait besoin. Repartir à zéro, construire quelque chose de nouveau avec Antoine, c'était exactement la promesse de demain qu'elle avait tant espérée.

"Oui, Antoine," répondit-elle finalement, sa voix ferme et pleine de conviction. "Je suis prête. Faisons-le ensemble."

Ils échangèrent un regard complice, sentant que quelque chose de grand venait de naître entre eux. Ensemble, ils entreprendraient de transformer cet endroit en une galerie qui non seulement exposerait de l'art, mais aussi les histoires, les vérités, et les émotions qui s'y cachaient.

Le chapitre se termine sur cette image : Élise et Antoine, se tenant devant le bâtiment, prêts à repartir à zéro, à créer une nouvelle galerie d'art en hommage à Sophie. L'avenir s'ouvrait devant eux, plein de promesses et de possibilités, et pour la première fois depuis longtemps, ils se sentaient en paix avec leur passé, prêts à embrasser les promesses de demain, main dans la main.

50. Le Journal de Sophie

Les premiers rayons du soleil perçaient à travers les rideaux de la petite pièce où Clara se trouvait, baignant son bureau d'une lumière douce et apaisante. Devant elle, son ordinateur était allumé, l'écran affichant un document presque terminé, prêt à être publié. Cela faisait des semaines qu'elle travaillait sans relâche sur cet article, fouillant dans les souvenirs, les notes, et surtout dans le carnet de Sophie. Ce carnet, qui avait été la clé de tant de révélations, contenait les dernières pièces du puzzle, celles que Clara s'apprêtait enfin à partager avec le monde.

Le titre de l'article, sobre mais évocateur, s'affichait en haut de la page : **"Le Journal de Sophie : Révélations et Hommage à une Quête de Vérité."** Ce n'était pas seulement un article, mais un hommage, un dernier adieu à une amie qui avait sacrifié tant pour que la vérité soit révélée.

Clara relut une dernière fois les lignes qu'elle avait écrites, s'assurant que chaque mot, chaque phrase, rendait justice à Sophie. Elle y avait révélé les détails de leur enquête, les secrets découverts, les dangers affrontés, mais surtout, elle y avait raconté l'histoire de Sophie, une histoire de courage, de détermination, et de passion pour la vérité.

Le carnet de Sophie avait été une véritable mine d'informations. Chaque page, chaque note, chaque esquisse contenait des indices, des réflexions, des peurs et des espoirs. Mais au-delà des révélations sur *Le Cercle* et ses manigances, Clara avait découvert dans ce carnet la véritable essence de Sophie, une artiste visionnaire et une femme profondément humaine, guidée par une soif insatiable de justice.

Clara savait que cet article ne serait pas seulement lu par ceux qui s'intéressaient au scandale de *Le Cercle*. Il serait aussi un témoignage pour tous ceux qui avaient connu Sophie, une manière de rappeler au monde que, malgré les forces qui avaient tenté de la réduire au silence, son esprit vivait encore à travers les mots qu'elle avait laissés derrière elle.

Les dernières pages du carnet de Sophie avaient été les plus difficiles à lire pour Clara. Elles contenaient des réflexions personnelles, des doutes, mais aussi une résolution inébranlable à poursuivre son enquête, malgré les dangers croissants. Sophie avait écrit sur ses peurs, mais aussi sur son espoir que, même si elle ne pouvait pas voir le résultat de son travail, d'autres poursuivraient ce qu'elle avait commencé.

Dans une note particulièrement poignante, Sophie avait écrit : **"Si je devais disparaître, je veux que ceux qui me succéderont sachent que je ne regrette rien. Chaque coup de pinceau, chaque mot écrit, chaque secret découvert valaient la peine. La vérité est la seule chose qui mérite qu'on se batte pour elle, même si cela signifie tout perdre."**

Clara avait pleuré en lisant ces mots, mais maintenant, en les publiant, elle sentait une profonde paix en elle. Sophie n'était plus là, mais son héritage vivait à travers eux, à travers tout ce qu'ils avaient accompli ensemble. Et aujourd'hui, Clara allait s'assurer que le monde entier sache qui était Sophie, et pourquoi elle avait combattu si ardemment.

Elle termina l'article avec une dernière réflexion, un message qu'elle voulait laisser à ceux qui lisaient son texte : **"Sophie n'était pas seulement une artiste ou une enquêteuse. Elle était une gardienne de la vérité, une âme courageuse qui n'a jamais reculé devant l'injustice. Son journal est plus qu'un simple carnet de notes, c'est un témoignage de son combat pour la lumière dans un monde d'ombres. Puissions-nous tous, en lisant ces mots, trouver en nous le courage de poursuivre ce qu'elle a commencé."**

Avec un soupir de soulagement, Clara sauvegarda le document une dernière fois. Puis, prenant une profonde inspiration, elle cliqua sur "Publier". Un instant plus tard, l'article était en ligne, accessible au monde entier.

Elle s'assit en silence, observant l'écran, se sentant à la fois vidée et remplie d'une étrange sérénité. Tout ce qu'elle et ses amis avaient vécu, tout ce qu'ils avaient découvert, était désormais entre les mains du public. La vérité de Sophie, son héritage, avait été préservé et partagé.

Le téléphone de Clara se mit à vibrer doucement sur la table. C'était un message d'Élise. Elle l'ouvrit et lut : **"Je viens de lire ton article. C'est magnifique, Clara. Sophie serait tellement fière de toi."**

Clara sourit doucement, une larme de gratitude glissant sur sa joue. Elle répondit : **"Merci, Élise. C'était le moins que je pouvais faire pour elle."**

Elle posa le téléphone et se laissa aller contre le dossier de sa chaise, fermant les yeux. Elle imagina Sophie, souriant à quelque part, fière de ce qu'ils avaient accompli. Clara savait que ce n'était pas la fin de leur histoire, mais c'était une fin pour Sophie, une fin qui lui rendait justice, une fin digne de la femme exceptionnelle qu'elle était.

Le chapitre se termine sur cette image : Clara, assise devant son bureau, le visage apaisé par l'accomplissement. L'article est publié, les révélations sont faites, et la mémoire de Sophie est honorée. À travers ses mots, Clara a non seulement rendu hommage à son amie, mais elle a aussi contribué à changer le monde, en exposant la vérité et en partageant l'histoire d'une femme qui a combattu pour la justice jusqu'à la fin. L'avenir reste incertain, mais pour la première fois, Clara sent qu'elle peut l'affronter avec courage, soutenue par la force de Sophie, d'Élise, et d'Antoine, et par les promesses qu'ils ont faites pour demain.

51. Le Retour à la Lumière

Le jour tant attendu était enfin arrivé. La grande salle d'exposition de la nouvelle galerie d'Élise était baignée d'une lumière douce et chaleureuse, réfléchie par les murs blancs immaculés. Tout était prêt pour l'événement qui marquerait une véritable renaissance, non seulement pour Élise, mais aussi pour l'œuvre de Sophie, désormais reconnue à sa juste valeur. Le nom de la galerie, **"Lumière de Vérité,"** était un hommage clair à la quête qu'elles avaient partagée et au chemin parcouru pour enfin révéler la beauté cachée de l'art de Sophie.

Les œuvres de Sophie, soigneusement restaurées et encadrées, occupaient la place centrale de l'exposition. Chaque tableau, chaque esquisse, chaque sculpture était un témoignage de son génie créatif, de sa passion pour l'art, mais aussi de son engagement profond pour la vérité. Les visiteurs affluaient déjà, attirés par la notoriété récente de Sophie, amplifiée par l'article de Clara et le scandale qui avait éclaté autour de *Le Cercle*.

Élise se tenait à l'entrée, accueillant personnellement chaque invité avec un sourire sincère. Elle était vêtue d'une élégante robe noire, symbole à la fois de respect pour Sophie et de la transition de l'obscurité à la lumière. Son cœur battait à la chamade, non pas par nervosité, mais par l'émotion qui montait en elle à l'idée de ce que cet événement représentait.

Parmi les premiers à entrer se trouvaient des critiques d'art de renom, des journalistes, et des collectionneurs venus de loin pour découvrir le travail de Sophie. Mais il y avait aussi des amis, des soutiens, et des inconnus qui avaient été touchés par l'histoire de Sophie et par le courage dont Élise avait fait preuve pour mener à bien cette exposition.

La salle se remplit rapidement de murmures d'admiration et de conversations animées alors que les invités découvraient les œuvres. Certains s'arrêtaient longtemps devant un tableau, perdus dans la contemplation des détails subtils et des émotions intenses que Sophie avait su capturer. D'autres discutaient des implications plus profondes de son travail, de la manière dont elle avait utilisé l'art pour dénoncer les injustices et révéler des vérités cachées.

Alors que l'exposition battait son plein, Élise fit une pause pour observer la scène. Ses yeux se remplirent de larmes en voyant à quel point les œuvres de Sophie résonnaient avec les gens. C'était exactement ce que Sophie avait voulu : que son art ne soit pas seulement vu, mais compris, qu'il touche les âmes et change les perspectives. Élise savait que, quelque part, Sophie aurait été fière de ce moment.

Clara et Antoine se tenaient non loin, échangeant des sourires complices avec Élise. Ils avaient tous les deux contribué à faire de cette soirée un succès, mais c'était surtout pour Élise qu'ils étaient là, pour la soutenir dans ce moment de renaissance. Clara, en particulier, ressentait une profonde émotion en voyant les œuvres de Sophie enfin exposées comme elles le méritaient, et elle savait que son article avait joué un rôle crucial dans ce succès.

À un moment donné, le conservateur du musée s'avança au centre de la salle, demandant l'attention de tous. Élise savait que c'était le moment de prendre la parole, de rendre hommage à Sophie, et de partager ce que cette exposition signifiait pour elle.

Elle se dirigea vers le centre de la salle, le cœur battant, les regards de l'assistance se tournant vers elle. La lumière douce des projecteurs enveloppait sa silhouette, créant une ambiance presque sacrée. Lorsqu'elle prit la parole, sa voix était empreinte d'émotion, mais aussi de force.

"Mesdames et Messieurs," commença-t-elle, "je tiens à vous remercier tous d'être ici ce soir. Cette exposition est bien plus qu'un simple événement artistique. C'est un hommage à une artiste incroyable, Sophie, dont l'œuvre a non seulement capturé la beauté du monde, mais a aussi cherché à révéler des vérités profondes et parfois inconfortables."

Elle marqua une pause, cherchant les mots justes pour exprimer ce qu'elle ressentait. "Sophie était bien plus qu'une amie pour moi. Elle était une sœur d'âme, une personne qui m'a inspirée par son courage et sa détermination à ne jamais reculer devant l'injustice. Ce soir, nous célébrons son travail, mais aussi son esprit, qui continue de vivre à travers chaque coup de pinceau, chaque nuance de couleur que vous voyez ici."

Les applaudissements éclatèrent dans la salle, résonnant entre les murs blancs. Élise, touchée par cette réaction, continua avec un sourire timide. "Cette galerie, *Lumière de Vérité*, a été créée en hommage à Sophie et à tous ceux qui utilisent l'art pour éclairer le monde, pour apporter la vérité là où elle a été cachée. Je veux que cet endroit soit un refuge pour tous les artistes qui cherchent à exprimer ce qui est difficile à dire, à montrer ce qui est difficile à voir."

Clara et Antoine se joignirent à l'assistance pour applaudir, fiers de ce qu'Élise avait accompli. Ils savaient que cette exposition n'était pas seulement une réussite artistique, mais aussi un symbole de résilience, de rédemption, et de nouveau départ.

Alors que les invités continuaient à admirer les œuvres, les médias présents commencèrent à interviewer Élise, Clara, et Antoine, leur demandant de partager leur expérience et leur point de vue sur ce que cette exposition représentait. Les caméras capturèrent chaque instant, chaque réaction, immortalisant ce moment où l'art et la vérité se rejoignaient enfin.

Les articles publiés le lendemain parlaient d'une "renaissance artistique", d'un "événement marquant dans le monde de l'art contemporain". Ils racontaient l'histoire de Sophie, de son combat, de son art, et de la manière dont Élise avait permis à cette lumière de briller, même après tant d'années d'obscurité.

Le chapitre se termine sur cette image : Élise, debout au centre de la galerie, entourée des œuvres de Sophie, regardant la foule admirer ce qui avait été créé dans un esprit de vérité et de justice. La lumière dorée de la fin de journée se mêle à celle des projecteurs, baignant les œuvres d'une lueur presque magique. Pour Élise, c'est plus qu'une simple exposition. C'est le début d'une nouvelle ère, où l'art et la vérité marchent main dans la main, où les promesses de demain se réalisent enfin sous le regard bienveillant de Sophie, dont l'esprit continue d'inspirer chaque personne présente dans cette salle.

52. Le Choix de Clara

Clara était assise à son bureau, un brouillon de son manuscrit devant elle, le regard fixé sur l'écran de son ordinateur où un e-mail d'une maison d'édition renommée brillait. L'offre qu'elle venait de recevoir était à la fois excitante et terrifiante. Ils avaient lu son manuscrit, l'avaient adoré, et voulaient le publier. C'était une opportunité dont Clara avait toujours rêvé : voir son nom sur la couverture d'un livre, partager ses mots avec le monde. Mais maintenant que ce rêve était à portée de main, une profonde hésitation la paralysait.

Son roman s'inspirait des événements qu'elle avait vécus avec Élise, Antoine, et surtout Sophie. Il racontait l'histoire d'une quête pour la vérité, une histoire de courage, de douleur, et de rédemption. Mais plus que cela, il racontait l'histoire de Sophie, son amie disparue, dont la vie avait été si intimement liée à cette lutte contre *Le Cercle*.

Clara se sentait tiraillée. D'un côté, elle voulait que le monde connaisse cette histoire, qu'il sache ce qu'ils avaient traversé, qu'il comprenne l'importance de ce qu'ils avaient découvert. Mais de l'autre, elle craignait de trahir la mémoire de Sophie, de transformer ce qui avait été une lutte profondément personnelle en un objet de consommation pour le grand public.

Elle se leva de son bureau et se dirigea vers la fenêtre, regardant la ville en contrebas. Le ciel était gris, et une fine pluie commençait à tomber, créant une atmosphère mélancolique qui correspondait parfaitement à son état d'esprit. La pluie tambourinait doucement contre les vitres, chaque goutte résonnant comme une question sans réponse.

Le souvenir de Sophie était encore si vivant en elle, si présent. Elles avaient partagé tant de choses, des rêves, des peurs, des espoirs. Sophie avait toujours été la plus courageuse, la plus déterminée à ne jamais reculer, même face aux forces les plus sombres. Clara se demanda ce que Sophie aurait pensé de ce roman, de cette manière de partager leur histoire.

Elle se rappela alors de la dernière conversation qu'elles avaient eue avant que tout ne bascule. Sophie lui avait parlé de l'importance de raconter des histoires, de la manière dont elles pouvaient toucher les cœurs, changer les esprits, et parfois, même sauver des vies. "Les histoires sont notre manière de donner un sens au chaos," avait-elle dit. "Elles sont notre héritage, la preuve que nous avons vécu, que nous avons ressenti, que nous avons lutté."

Ces mots résonnèrent en Clara, chassant doucement les doutes qui l'avaient envahie. Peut-être que publier ce roman n'était pas une trahison, mais au contraire, un hommage à Sophie. Peut-être que c'était leur manière, à toutes les deux, de continuer à lutter, de continuer à faire entendre la voix de la vérité, même après tout ce qui s'était passé.

Clara se dirigea vers la petite étagère près de son bureau, où elle avait conservé les carnets de Sophie, soigneusement rangés. Elle en sortit un, celui où Sophie avait griffonné ses dernières pensées, ses dernières réflexions. Elle feuilleta les pages, ses doigts suivant les mots écrits à la hâte, mais avec une passion et une intensité qui caractérisaient tant Sophie.

À une page particulière, Clara s'arrêta. Les mots semblaient lui sauter aux yeux, comme s'ils avaient été écrits spécialement pour ce moment : **"Si jamais tu dois raconter notre histoire, Clara, fais-le avec ton cœur. Ne t'inquiète pas de ce que les autres penseront, ne t'inquiète pas de ce que tu devrais ou ne devrais pas dire. Raconte simplement la vérité, comme tu l'as vécue. C'est tout ce qui compte."**

Les larmes montèrent aux yeux de Clara, mais cette fois, elles n'étaient pas de tristesse, mais de gratitude. Sophie lui avait donné sa bénédiction, à travers ces mots laissés comme un testament. Clara savait alors ce qu'elle devait faire.

Elle retourna à son bureau, s'assit, et prit une profonde inspiration. L'hésitation avait disparu, remplacée par une détermination calme. Elle ouvrit l'e-mail de l'éditeur, relut l'offre, et commença à taper sa réponse. "Merci pour votre proposition," écrivit-elle. "**Je suis honorée que vous ayez apprécié mon manuscrit. Ce livre est très personnel, basé sur des événements réels qui ont profondément marqué ma vie. J'accepte votre offre, mais je tiens à préciser que ce livre ne sera pas seulement une œuvre de fiction. Il est aussi un hommage à une femme courageuse qui a sacrifié tant pour la vérité. J'espère que, à travers ce roman, les lecteurs comprendront l'importance de la lutte pour la justice, et que la mémoire de Sophie continuera de vivre à travers ces pages."**

Elle signa le message, l'envoya, puis se laissa aller contre le dossier de sa chaise. Un sentiment de paix l'envahit. Elle avait fait son choix, un choix guidé par l'amour, par l'amitié, et par la vérité.

Le chapitre se termine sur cette image : Clara, assise à son bureau, les carnets de Sophie à côté d'elle, le regard tourné vers l'avenir. Elle a choisi de partager leur histoire, de faire en sorte que la vérité ne soit jamais oubliée. Le bruit de la pluie continue de résonner doucement contre les vitres, mais pour la première fois depuis longtemps, Clara sent que le soleil est sur le point de percer à travers les nuages, apportant avec lui les promesses d'un avenir où les histoires qu'elle a racontées continueront d'éclairer le chemin de ceux qui les liront.

53. Les Adieux

Le jour se levait doucement sur la ville, peignant le ciel de nuances roses et dorées. Antoine se tenait près de la fenêtre de son petit appartement, contemplant pour la dernière fois cette ville qui avait été le théâtre de tant de bouleversements dans sa vie. C'était ici qu'il avait rencontré Élise et Clara, ici qu'il avait affronté ses démons, et ici qu'il avait finalement trouvé une forme de rédemption. Mais maintenant, il savait que son chemin le menait ailleurs.

Antoine avait passé des nuits blanches à réfléchir, pesant le pour et le contre, mais il en était venu à une conclusion inévitable : il devait partir. La ville portait en elle des souvenirs, des blessures qui, malgré tout, restaient à vif. Pour aller de l'avant, pour vraiment faire la paix avec lui-même, il devait trouver un nouvel horizon, un endroit où il pourrait reconstruire sa vie sur des bases plus saines.

Il avait déjà pris sa décision, réservé un billet de train pour une petite ville côtière où personne ne le connaissait. Un endroit tranquille, loin des tumultes, où il pourrait se ressourcer, réfléchir à ce qu'il voulait faire de cette seconde chance que la vie lui offrait.

Mais avant de partir, il devait dire au revoir à ceux qui l'avaient soutenu, ceux qui avaient été à ses côtés durant cette période difficile. Il n'avait pas la force de les affronter en face, alors il décida de leur laisser un message.

Antoine se dirigea vers son bureau, s'assit, et prit une feuille de papier. Il hésita un moment, cherchant les mots justes, puis commença à écrire.

"**Chères Élise et Clara,**"

"**Quand vous lirez cette lettre, je serai déjà en route vers une nouvelle destination. J'ai pris la décision de quitter la ville, non pas pour fuir, mais pour trouver un endroit où je pourrai enfin faire la paix avec moi-même. Cette ville a été le théâtre de tant de douleurs, mais aussi de tant de révélations. Je vous ai rencontrées ici, et grâce** à vous, j'ai retrouvé une part de moi-même que je croyais perdue à jamais."

Il fit une pause, réfléchissant à ce qu'il voulait vraiment dire. Les mots suivants étaient plus personnels, empreints de la gratitude qu'il ressentait profondément.

"Élise, tu m'as montré ce que signifie vraiment être fort, non pas en cachant ses émotions, mais en les affrontant, en les utilisant pour créer quelque chose de beau. Grâce à toi, j'ai appris que l'art n'est pas seulement une manière de fuir la réalité, mais une manière de la transformer, de la transcender. Je ne pourrai jamais assez te remercier pour cela."

"Clara, tu m'as rappelé l'importance des histoires, de la vérité, et de l'intégrité. Tu as su transformer la douleur en mots, en quelque chose qui a le pouvoir de toucher les autres, de les faire réfléchir. Tu m'as redonné espoir, l'espoir que même après les épreuves les plus sombres, il est possible de trouver la lumière, de trouver un chemin vers la rédemption."

"Je ne sais pas combien de temps je resterai loin, ni si je reviendrai un jour. Mais sachez que vous avez laissé une empreinte indélébile dans ma vie, et que peu importe où je vais, je porterai toujours avec moi ce que vous m'avez appris, ce que nous avons vécu ensemble."

"Je vous souhaite tout le bonheur du monde, et surtout, que vous trouviez la paix et la joie dans ce que vous entreprenez. Vous méritez tout cela et bien plus encore. Merci pour tout. Merci de m'avoir redonné espoir, de m'avoir montré que la vie vaut la peine d'être vécue, même après tant de douleur."

"Avec toute mon amitié et ma gratitude,"
"Antoine"

Il posa le stylo, relut la lettre, et sentit une lourdeur quitter son cœur. Il savait que ces mots ne suffiraient jamais à exprimer tout ce qu'il ressentait, mais c'était tout ce qu'il pouvait offrir. Il plia la lettre soigneusement, la glissa dans une enveloppe, et écrivit les noms d'Élise et Clara dessus.

Avant de quitter l'appartement, il déposa l'enveloppe sur la table basse du salon, à un endroit où il savait qu'elles la trouveraient rapidement. Il jeta un dernier regard autour de lui, puis ferma la porte derrière lui, emportant avec lui une valise légère, mais un cœur plus apaisé.

Alors qu'il marchait vers la gare, le vent frais du matin caressant son visage, Antoine se sentait étrangement libre. Il savait que la route devant lui serait encore longue, mais pour la première fois, il la voyait comme une opportunité, et non comme une punition. Il était prêt à affronter ce nouveau chapitre de sa vie, avec la certitude qu'il portait en lui les leçons du passé.

Le train siffla, annonçant son départ imminent. Antoine monta à bord, trouva son siège près de la fenêtre, et s'installa confortablement. Alors que le train commençait à rouler, il regarda la ville s'éloigner, une dernière fois, se gravant l'image dans la mémoire. Puis, il se tourna vers l'horizon, laissant le passé derrière lui, prêt à accueillir l'avenir.

Le chapitre se termine sur cette image : Élise et Clara, découvrant la lettre d'Antoine après son départ. Elles lisent ses mots avec émotion, se rappelant de tout ce qu'ils ont vécu ensemble, mais aussi de l'importance de laisser partir ceux que l'on aime pour qu'ils trouvent leur propre chemin. Le soleil du matin continue de se lever, illuminant la pièce d'une lumière dorée, signe que malgré les adieux, l'espoir et la promesse de nouveaux départs sont toujours là.

54. La Lettre de Sophie

Le matin était calme, et la lumière douce du soleil filtrait à travers les rideaux d'Élise, créant un jeu d'ombres dans son atelier. La galerie d'art était encore silencieuse à cette heure, les œuvres de Sophie et d'autres artistes accrochées aux murs attendant d'être admirées par les visiteurs du jour. Élise se tenait devant une toile vierge, son pinceau en main, mais une étrange hésitation la retenait. Depuis le départ d'Antoine, un sentiment de vide s'était installé en elle, mêlé à une lassitude qu'elle n'avait pas ressentie depuis longtemps.

C'est alors que la sonnette de la porte d'entrée retentit, interrompant ses pensées. Sur le seuil, un facteur lui tendit un petit paquet enveloppé dans un papier brun vieilli, avec son nom soigneusement écrit à la main. Étonnée, Élise le remercia et referma la porte, intriguée par ce qu'elle tenait entre les mains.

Elle retourna à son bureau, déposa le paquet devant elle, et observa les détails de l'écriture. Quelque chose dans les lettres élégantes et précises lui semblait familier. Son cœur se mit à battre plus vite alors qu'elle déchirait doucement l'enveloppe. À l'intérieur, elle découvrit une lettre pliée avec soin, ainsi qu'un petit carnet noir qu'elle reconnaîtrait entre mille.

C'était l'écriture de Sophie.

Élise sentit un frisson parcourir son corps. Elle n'avait jamais su que Sophie lui avait écrit une lettre, et encore moins qu'elle avait laissé un carnet supplémentaire. Les mains tremblantes, elle déplia la lettre, le papier légèrement jauni et fragile sous ses doigts. Elle prit une profonde inspiration et commença à lire.

"Ma chère Élise," commençait la lettre, **"Si tu lis ces mots, cela signifie que je ne suis plus là pour te parler en personne. J'ai longuement réfléchi à cette lettre, à ce que je voulais te dire si jamais je devais partir avant d'avoir terminé ce que j'ai commencé. Tu as**

toujours été une amie, une sœur d'âme, et je ne veux pas que mon départ te laisse un vide impossible à combler."

Élise sentit les larmes monter, mais elle continua de lire, absorbant chaque mot.

"Tu sais combien l'art a toujours été important pour moi, combien il a été mon refuge, ma manière de donner un sens au monde. Mais ce que j'ai découvert, ce que j'ai tenté de révéler, était bien plus que ce que je pouvais porter seule. Je savais que ce chemin était dangereux, mais je ne pouvais pas détourner le regard. La vérité, Élise, mérite que l'on se batte pour elle, même au prix de notre tranquillité, de notre sécurité."

La lettre continuait, révélant les pensées les plus profondes de Sophie, ses peurs, ses doutes, mais aussi sa détermination inébranlable. Elle parlait de *Le Cercle*, de ce qu'elle avait découvert, mais aussi de l'espoir qu'elle plaçait en Élise et Clara pour poursuivre ce qu'elle avait commencé.

"Je n'ai jamais voulu te mettre en danger, ni toi, ni Clara, ni Antoine. Mais je savais que, d'une manière ou d'une autre, vous seriez là pour continuer, pour finir ce que je n'ai peut-être pas eu le temps d'achever. Élise, tu es une artiste extraordinaire, et je veux que tu continues à créer, à exprimer ce que tu ressens, ce que tu vois. L'art n'est pas seulement un reflet de la beauté, il est aussi un miroir de la vérité, de la douleur, et de l'espoir."

Sophie concluait la lettre avec des mots qui résonnaient profondément en Élise.

"Je ne suis peut-être plus là, mais je suis avec toi dans chaque coup de pinceau, dans chaque couleur que tu choisis, dans chaque œuvre que tu crées. Ne laisse jamais la peur ou la douleur t'arrêter. Continue de vivre, continue de créer, et sache que, où que je sois, je suis fière de toi, de ce que nous avons accompli ensemble, et de ce que tu vas accomplir."

"Avec tout mon amour, Sophie."

Élise reposa la lettre, les larmes coulant silencieusement sur ses joues. La douleur de la perte était encore là, mais ces mots, les derniers de Sophie, lui apportaient une paix qu'elle n'avait pas ressentie depuis longtemps. C'était comme si Sophie avait su exactement ce dont elle avait besoin pour continuer.

Elle ouvrit le petit carnet noir, découvrant des esquisses inachevées, des idées que Sophie n'avait pas eu le temps de développer. Chaque page était un rappel de l'esprit créatif et indomptable de Sophie, de sa capacité à voir le monde avec une clarté que peu de gens possédaient.

Élise sentit une vague d'inspiration l'envahir. Elle se leva, prit le pinceau qu'elle avait laissé de côté, et se tourna vers la toile vierge. Les mots de Sophie résonnaient dans son esprit, chaque coup de pinceau était un hommage à son amie, à sa sœur d'âme. Les couleurs qu'elle choisit étaient vives, pleines de vie, comme pour montrer que, malgré tout, la lumière continue de briller, que l'art est un moyen de transcender la douleur, de transformer le passé en quelque chose de beau.

Le soleil monta plus haut dans le ciel, remplissant l'atelier de lumière. Élise peignait avec une énergie nouvelle, une détermination nourrie par les derniers mots de Sophie. Elle savait qu'elle continuerait à créer, à vivre pleinement, non seulement pour elle-même, mais aussi pour honorer la mémoire de Sophie, pour continuer à faire vivre son esprit à travers chaque œuvre.

Le chapitre se termine sur cette image : Élise, peignant avec passion dans son atelier baigné de lumière, la lettre de Sophie posée à côté d'elle, ouverte sur la table. La toile devant elle se remplit de couleurs vives et d'émotions intenses, chaque coup de pinceau étant une promesse de continuer à vivre, à créer, et à se battre pour la vérité. Les derniers mots de Sophie résonnent encore dans l'air, portés par la brise légère qui souffle à travers la fenêtre ouverte, un rappel que l'amitié et l'art sont éternels, même au-delà de la mort.

55. Les Larmes du Passé

Clara marchait lentement à travers les rues silencieuses, ses pas lents résonnant sur les pavés usés. Le ciel était couvert de nuages gris, créant une atmosphère lourde et introspective, parfaite pour le voyage qu'elle avait décidé de faire aujourd'hui. Elle avait souvent évité cet endroit, incapable d'affronter les souvenirs douloureux qui y étaient attachés. Mais maintenant, après tout ce qu'elle avait vécu, après avoir partagé leur histoire avec le monde, Clara savait qu'elle devait revenir ici une dernière fois.

Le lieu de sa dernière rencontre avec Sophie n'était pas loin, un petit parc tranquille à la périphérie de la ville, où les deux femmes avaient l'habitude de se retrouver pour discuter, loin des pressions du monde. Ce parc avait été leur sanctuaire, un endroit où elles pouvaient parler librement de leurs rêves, de leurs peurs, et de leurs espoirs pour l'avenir.

Alors qu'elle s'approchait, Clara sentit une boule se former dans sa gorge. Les souvenirs de leur dernière conversation lui revenaient en mémoire, si clairs qu'elle pouvait presque entendre la voix de Sophie, voir son sourire, ressentir sa présence à ses côtés. Ce jour-là, Sophie avait semblé pensive, un peu plus réservée que d'habitude, mais Clara n'avait pas compris l'ampleur des tourments intérieurs de son amie. Pas jusqu'à ce qu'il soit trop tard.

Clara s'arrêta près du banc où elles s'étaient assises pour la dernière fois. Elle se laissa tomber doucement sur le bois froid, ses mains tremblantes alors qu'elle posait son sac à côté d'elle. Elle regarda autour d'elle, observant les arbres qui avaient depuis perdu leurs feuilles, les sentiers couverts de feuilles mortes, et la fontaine en pierre, silencieuse et immobile. Tout semblait exactement comme avant, et pourtant, tout était différent.

Les larmes commencèrent à couler sur ses joues, silencieuses, comme les gouttes d'une pluie fine qui tombe sur une terre asséchée. Clara ne chercha pas à les arrêter. Elle savait que ces larmes étaient nécessaires, qu'elles faisaient partie de son processus de guérison. Elles portaient en elles toute la douleur qu'elle avait refoulée, tout le chagrin qu'elle n'avait pas eu la force de laisser sortir.

Clara ferma les yeux et se laissa emporter par les souvenirs. Elle revécut leur dernière conversation, se rappelant chaque mot, chaque silence. Sophie avait parlé de sa quête pour la vérité, de son engagement envers la justice, mais aussi de ses craintes pour l'avenir. Clara avait tenté de la rassurer, de lui dire que tout irait bien, mais elle comprenait maintenant que Sophie avait déjà accepté le chemin qu'elle devait prendre, même s'il était parsemé de dangers.

Assise sur ce banc, Clara se permit enfin de ressentir pleinement la perte de Sophie. Elle réalisa qu'elle avait toujours porté ce fardeau, cette culpabilité de ne pas avoir pu faire plus, de ne pas avoir su protéger son amie. Mais elle comprit aussi que ce sentiment n'était plus nécessaire. Sophie avait fait son choix, et Clara devait maintenant faire le sien : celui de vivre, de continuer à avancer, de trouver la paix.

Après un long moment, les larmes se tarirent, laissant derrière elles un étrange sentiment de calme. Clara ouvrit les yeux, regardant le parc avec une nouvelle clarté. Elle se rendit compte que, pour la première fois depuis longtemps, elle se sentait en paix avec ce qui s'était passé. Le chagrin était toujours là, mais il ne la consumait plus. Il était devenu une partie d'elle, une part de son histoire, mais pas toute son histoire.

Clara se leva doucement, sentant ses jambes légèrement engourdies par le froid et l'émotion. Elle fit quelques pas, s'approchant de la fontaine où elles avaient souvent lancé des pièces en faisant des vœux. Elle sortit une petite pièce de son sac, la regarda un instant, puis la lança dans l'eau, regardant les cercles se former à la surface.

Elle ferma les yeux et fit un vœu silencieux, non pas pour effacer le passé, mais pour embrasser l'avenir avec courage et espoir. Elle savait que Sophie aurait voulu cela, qu'elle aurait voulu que Clara continue à vivre, à écrire, à aimer, même après tout ce qu'elles avaient traversé.

En rouvrant les yeux, Clara se sentit plus légère, comme si un poids avait été levé de ses épaules. Elle sourit doucement, un sourire triste mais serein, sachant que, bien qu'elle ne puisse jamais oublier Sophie, elle pouvait enfin avancer sans être prisonnière du passé.

Le chapitre se termine sur cette image : Clara quittant le parc, ses pas plus assurés, son cœur apaisé. Le ciel commence à s'éclaircir, laissant entrevoir des rayons de soleil perçant à travers les nuages, symboles d'un nouvel espoir. Clara sait qu'elle ne sera plus jamais la même, mais elle accepte ce changement, prête à affronter ce qui vient avec une nouvelle force intérieure. Les larmes du passé ont laissé place à une paix nouvelle, et avec cette paix, Clara est prête à embrasser l'avenir.

56. Le Dernier Tableau

Les premières lueurs du matin traversaient les fenêtres de l'atelier d'Élise, projetant des ombres douces sur les murs remplis de toiles, de croquis, et d'éclats de couleur. L'odeur de la peinture fraîche flottait dans l'air, un parfum familier qui éveillait en elle une énergie créatrice nouvelle. Élise se tenait devant la dernière toile d'une série qu'elle avait commencée des mois auparavant, inspirée par l'histoire de Sophie, d'Antoine, et de Clara, et par tout ce qu'ils avaient traversé ensemble.

Cette série de peintures, intitulée **"Lumières et Ombres,"** représentait bien plus qu'un simple projet artistique. C'était une exploration de la lutte entre la vérité et la tromperie, entre la lumière et l'obscurité, entre la douleur du passé et l'espoir de l'avenir. Chaque tableau de la série racontait une partie de leur histoire, capturant les émotions, les batailles, et les résolutions qui avaient marqué leur parcours.

Élise avait plongé dans ce travail avec une intensité qu'elle n'avait jamais connue auparavant. Chaque coup de pinceau, chaque choix de couleur était imprégné de ses souvenirs, de ses sentiments, et des histoires de ceux qu'elle avait aimés et perdus. Elle avait recréé les moments clés de leur voyage, mais aussi les instants de répit, de réflexion, et de réconciliation. Chaque tableau était une fenêtre ouverte sur une vérité qu'ils avaient tous découvert ensemble, et sur les cicatrices qu'ils portaient encore.

Le dernier tableau, celui qu'elle terminait maintenant, était le point culminant de cette série. Il représentait les trois figures centrales de leur histoire : Sophie, Antoine, et Clara, entourées de lumière, mais avec des ombres symboliques représentant les épreuves qu'ils avaient traversées. Au centre du tableau, une main tendue vers la lumière, symbole de la quête incessante de la vérité, et de la manière dont ils avaient tous été guidés par cette quête, même dans les moments les plus sombres.

LES ÉCLATS D'UN RÊVE BRISÉ

Élise ajouta les dernières touches à la toile, ses gestes lents et précis. Une fois satisfaite, elle recula pour observer l'œuvre dans son ensemble. La lumière du matin se reflétait sur les couleurs vives, les illuminant d'une manière presque surnaturelle. Elle ressentit une profonde satisfaction, non pas seulement parce que l'œuvre était achevée, mais parce qu'elle sentait qu'elle avait enfin réussi à capturer l'essence de ce qu'ils avaient vécu.

Elle savait que cette série était spéciale, différente de tout ce qu'elle avait fait auparavant. Elle ne s'était jamais sentie aussi connectée à son art, aussi engagée émotionnellement dans chaque pièce. Ces œuvres étaient le fruit de ses expériences les plus intimes, de ses réflexions sur la vie, la mort, l'amour, et la vérité. Et maintenant, elle était prête à les partager avec le monde.

L'exposition de **"Lumières et Ombres"** avait été annoncée depuis des semaines, et l'attente autour de cet événement était palpable. Les critiques d'art, les collectionneurs, et le public attendaient avec impatience de voir ce qu'Élise avait créé après tant de temps passé hors des projecteurs. Mais Élise n'était plus préoccupée par ce que les autres allaient penser. Pour elle, cette série représentait une catharsis, une libération, et une manière de tourner la page.

Le soir de l'inauguration, la galerie était comble. Les gens se pressaient pour voir les œuvres, discuter de leur signification, et comprendre les histoires qui les sous-tendaient. Chaque tableau attirait des regards fascinés, chaque coup de pinceau semblait raconter une histoire nouvelle. Les critiques ne tardèrent pas à exprimer leur admiration, qualifiant la série de **"retour triomphal"** pour Élise, un mélange de vulnérabilité et de force rarement vu dans le monde de l'art contemporain.

Mais au-delà du succès critique, ce qui importait vraiment pour Élise, c'était les réactions sincères des spectateurs. Elle voyait des larmes dans les yeux de certains, des sourires sur les visages d'autres, et surtout, elle ressentait une connexion profonde entre son art et ceux qui l'admiraient. C'était comme si les histoires de Sophie, d'Antoine, et de Clara trouvaient enfin leur écho dans les cœurs de ceux qui les découvraient à travers ses œuvres.

Antoine n'était pas là pour voir cette exposition, mais Élise savait qu'il serait fier. Quant à Clara, elle se tenait à ses côtés, observant avec un sourire doux, fière de ce qu'elles avaient toutes les deux accompli. Elles savaient que Sophie aurait adoré voir ses idées et ses combats transformés en quelque chose de si beau, de si puissant.

Le dernier tableau, celui qui clôturait la série, attira particulièrement l'attention. Beaucoup y voyaient une représentation de la lutte intérieure de chaque être humain, une quête pour trouver la lumière malgré les ombres. Mais pour Élise, il représentait bien plus que cela. C'était un hommage à la vie de Sophie, à sa force, et à tout ce qu'elle avait sacrifié pour que la vérité soit révélée.

La soirée se termina sur une note d'espoir et de réconciliation. Élise, entourée de ceux qu'elle aimait, ressentit une paix qu'elle n'avait pas connue depuis longtemps. Elle savait que ce succès marquait une nouvelle étape dans sa vie, un nouveau départ où elle pourrait continuer à créer, à explorer, et à vivre pleinement.

Le chapitre se termine sur cette image : Élise, debout devant le dernier tableau de la série, observant les réactions des visiteurs. Les lumières de la galerie se reflètent sur les couleurs vibrantes de l'œuvre, et dans ces reflets, Élise voit non seulement le passé, mais aussi l'avenir qu'elle est prête à embrasser. La série **"Lumières et Ombres"** devient non seulement un triomphe artistique, mais aussi un symbole de tout ce qu'ils ont traversé, de tout ce qu'ils ont découvert, et de la manière dont ils ont réussi à transformer la douleur en quelque chose de beau.

57. Le Souffle du Renouveau

Antoine se tenait derrière le comptoir de son tout nouveau bar-galerie, une petite enseigne discrète nichée dans une rue pittoresque d'une ville côtière où personne ne connaissait son passé. La brise de l'océan soufflait doucement à travers les fenêtres ouvertes, apportant avec elle l'odeur salée de la mer et le murmure lointain des vagues. C'était une journée comme il les aimait désormais : calme, paisible, pleine de promesses.

Le bar-galerie, qu'il avait sobrement nommé **"Le Souffle du Renouveau,"** était l'aboutissement de mois de réflexion et de travail acharné. Après avoir quitté la ville où tant de souvenirs lourds pesaient sur lui, Antoine avait cherché un lieu où il pourrait recommencer, loin du tumulte, loin des ombres de son passé. Il avait trouvé cette petite ville presque par hasard, attiré par sa tranquillité, sa beauté naturelle, et la chaleur des gens qui y vivaient.

Le lieu qu'il avait choisi pour son nouveau départ était un ancien bâtiment en briques rouges, autrefois utilisé comme entrepôt, qu'il avait transformé en un espace à la fois accueillant et inspirant. D'un côté, un bar chaleureux avec des étagères remplies de bouteilles de vin et de spiritueux sélectionnés avec soin ; de l'autre, des murs recouverts d'œuvres d'artistes locaux, exposant leurs créations dans une ambiance détendue et conviviale.

Antoine voulait que ce lieu soit plus qu'un simple bar ou une galerie. Il voulait qu'il devienne un refuge pour les âmes créatives, un endroit où les artistes pouvaient exposer leurs œuvres sans prétention, où les visiteurs pouvaient se détendre, discuter, et laisser leurs soucis à la porte. C'était sa manière de faire la paix avec son passé, de redonner ce qu'il avait reçu, et d'offrir un espace où la vérité et la beauté pouvaient se rencontrer.

Alors qu'il finissait de ranger les derniers verres derrière le comptoir, les premiers clients de la journée commencèrent à arriver.

Certains étaient des habitués, des gens du coin qui avaient adopté le lieu dès son ouverture, séduits par l'atmosphère chaleureuse et l'accueil sincère d'Antoine. D'autres étaient des visiteurs curieux, attirés par l'idée de découvrir des œuvres d'art tout en dégustant un bon verre de vin.

Antoine salua chaque personne avec un sourire, engageant des conversations amicales, se sentant pour la première fois depuis longtemps pleinement en harmonie avec lui-même. Il avait appris à apprécier ces moments simples, à reconnaître la valeur des petites interactions quotidiennes qui, mises bout à bout, formaient une nouvelle vie, plus sereine, plus en accord avec ses aspirations profondes.

Au fond du bar, une petite scène avait été aménagée, où un groupe de musiciens locaux commençait à s'installer. Ce soir, ils joueraient des morceaux de jazz doux, apportant une touche de mélancolie et de beauté à la soirée. Antoine aimait ces soirées où l'art sous toutes ses formes se mélangeait, créant une atmosphère d'inspiration et de détente.

Alors qu'il servait un verre de vin rouge à un client, son regard se posa sur l'une des toiles accrochées au mur. C'était une œuvre d'un jeune artiste de la région, un tableau représentant une mer agitée, mais où un petit bateau naviguait courageusement à travers les vagues déchaînées. Antoine sourit en contemplant la toile, y voyant une métaphore parfaite de son propre parcours : la tempête avait été violente, mais il avait tenu bon, et maintenant il naviguait vers des eaux plus calmes.

La musique commença, les premières notes de saxophone remplissant l'air, et Antoine sentit un profond sentiment de paix l'envahir. Ce bar-galerie n'était peut-être pas un grand projet ambitieux, mais c'était exactement ce dont il avait besoin. Un endroit où il pouvait être lui-même, où il pouvait offrir un refuge à ceux qui, comme lui, cherchaient à se reconstruire, à trouver leur place dans un monde qui pouvait parfois sembler si chaotique.

Les heures passèrent, et la soirée se déroula dans une ambiance douce et apaisante. Antoine se déplaça parmi les tables, échangeant des mots avec les clients, écoutant leurs histoires, partageant les siennes lorsqu'il en avait envie. Il n'était plus hanté par les démons du passé ; il avait appris à les apprivoiser, à les transformer en quelque chose de beau, en quelque chose de productif.

Vers la fin de la soirée, alors que le bar se vidait doucement, Antoine s'assit pour la première fois de la journée, un verre de whisky à la main. Il observait la scène avec une satisfaction tranquille. Le groupe de musiciens jouait son dernier morceau, une ballade douce qui résonnait avec les émotions de la journée. Tout semblait à sa place, tout était en harmonie.

Antoine pensa à Élise et Clara, se demandant comment elles allaient, ce qu'elles faisaient. Il leur avait envoyé une carte postale pour leur annoncer l'ouverture du bar-galerie, avec une simple phrase : **"J'ai trouvé mon souffle, et je vous remercie de m'y avoir guidé."** Il savait qu'elles comprendraient. Elles avaient toutes les deux joué un rôle crucial dans son voyage, et il leur en serait éternellement reconnaissant.

Le chapitre se termine sur cette image : Antoine, assis à une table près de la fenêtre ouverte, regardant la mer au loin, écoutant les dernières notes de musique s'éteindre dans la nuit. Il est enfin en paix, prêt à embrasser cette nouvelle vie qu'il s'est construite, un verre à la main et le cœur rempli d'espoir. Le **"Souffle du Renouveau"** est devenu plus qu'un simple lieu ; c'est un symbole de sa rédemption, de sa capacité à tourner la page, et de sa décision de vivre pleinement, en paix avec son passé et ouvert à toutes les promesses de l'avenir.

58. Les Étoiles de la Nuit

La nuit était tombée sur la ville, enveloppant les rues et les bâtiments dans un manteau sombre parsemé des lueurs des réverbères et des enseignes lumineuses. Clara se tenait sur le balcon de son appartement, un exemplaire de son livre fraîchement publié dans les mains, le poids de ce moment s'imposant doucement à elle. La couverture, lisse et légèrement glacée, captait la lumière des étoiles, et le titre brillait dans la nuit : **"Les Étoiles de la Nuit."**

Le jour de la sortie de son livre avait été marqué par une avalanche d'émotions. Les interviews, les discussions avec les lecteurs, les séances de dédicaces, tout cela avait été à la fois exaltant et épuisant. Mais maintenant que la frénésie s'était calmée, Clara pouvait enfin se poser et réfléchir à tout ce qu'elle avait traversé pour en arriver là.

Elle leva les yeux vers le ciel nocturne, constellé d'étoiles, et un léger sourire apparut sur ses lèvres. Ces étoiles étaient comme des souvenirs, brillantes et lointaines, mais toujours présentes. Chacune représentait une étape de son parcours, un moment de douleur, de doute, mais aussi de découverte et de renouveau.

Elle repensa à Sophie, à leur amitié si forte, à leur dernière rencontre dans ce parc qui avait autrefois été leur refuge. Sophie avait été une étoile brillante dans sa vie, une source d'inspiration qui l'avait guidée à travers les ténèbres. Clara savait que sans Sophie, elle n'aurait jamais trouvé la force de continuer à écrire, de raconter leur histoire. Et maintenant, leur histoire était partagée avec le monde, un hommage à une amie qui avait tant donné.

Clara se rappela aussi des moments passés avec Élise et Antoine, de leurs batailles communes contre *Le Cercle*, de leur lutte pour la vérité. Ces souvenirs étaient tissés dans les pages de son livre, chaque mot, chaque phrase étant une tentative de capturer l'essence de ce qu'ils avaient vécu ensemble. Son livre n'était pas seulement une œuvre de fiction, c'était une chronique de leur voyage, de leurs victoires et de leurs pertes.

L'avenir l'avait autrefois effrayée, un vaste inconnu rempli d'incertitudes et de dangers. Mais maintenant, en observant la ville endormie, Clara se sentait différente. Elle avait trouvé sa voie, non seulement en tant qu'écrivain, mais aussi en tant que femme capable de surmonter les défis les plus sombres. Elle savait que la vie continuerait de lui lancer des épreuves, mais elle était prête à les affronter, armée de sa plume, de son courage, et de la mémoire de ceux qui l'avaient soutenue.

Le bruit lointain de la ville montait jusqu'à elle, un murmure constant qui, ce soir-là, semblait étrangement apaisant. Les gens allaient et venaient, chacun portant ses propres rêves, ses propres luttes. Mais Clara savait que, dans cette ville où tant de choses s'étaient passées, elle avait enfin trouvé sa place. Elle appartenait à cet endroit, à ces souvenirs, et elle était prête à continuer à écrire de nouveaux chapitres, à explorer de nouvelles histoires.

Elle ouvrit son livre, le feuilleta doucement, s'arrêtant sur la page de dédicace. Les mots qu'elle y avait inscrits étaient simples, mais lourds de sens : **"À Sophie, Élise, et Antoine. Pour la vérité, pour l'amitié, pour la lumière."**

En refermant le livre, Clara sentit une vague de gratitude l'envahir. Elle avait traversé tant d'obstacles, mais chacun d'eux l'avait rendue plus forte, plus déterminée. Maintenant, elle se tenait sur ce balcon, le cœur plein d'espoir, les yeux tournés vers l'avenir, prête à accueillir tout ce qu'il avait à offrir.

Le vent nocturne soufflait doucement, jouant avec ses cheveux, et Clara se mit à sourire. Elle était enfin en paix avec son passé, prête à vivre pleinement le présent, et à embrasser l'avenir. Les étoiles dans le ciel étaient toujours là, constantes, mais c'était la lumière en elle qui brillait le plus fort maintenant.

Le chapitre se termine sur cette image : Clara, debout sur le balcon, contemplant la ville scintillante sous les étoiles. Son livre serré contre son cœur, elle se sent plus confiante que jamais, prête à affronter tout ce que l'avenir lui réserve. Les étoiles de la nuit continueront de briller, mais c'est Clara, avec sa plume et son courage, qui écrira les prochaines pages de sa vie, illuminant le chemin pour elle-même et pour ceux qui la liront.

59. Les Chemins Séparés

Les jours s'étaient transformés en mois, et les mois en années. La vie avait suivi son cours, et les chemins d'Élise, Antoine, et Clara s'étaient éloignés, chacun suivant sa propre voie. Pourtant, malgré la distance qui les séparait désormais, le lien qu'ils partageaient, forgé dans les moments les plus sombres de leurs vies, restait intact.

Élise avait continué à peindre avec une passion renouvelée, inspirée par les souvenirs de Sophie et par tout ce qu'elle avait traversé. Sa galerie d'art, **"Lumière de Vérité,"** était devenue un lieu emblématique de la scène artistique contemporaine. Des artistes de tous horizons venaient exposer leurs œuvres, attirés par l'atmosphère unique d'un espace dédié non seulement à la beauté de l'art, mais aussi à la vérité qu'il pouvait révéler. Élise avait trouvé un équilibre dans sa vie, entre son travail, son art, et les moments de calme qu'elle passait seule dans son atelier, toujours imprégnée de la mémoire de ceux qui l'avaient inspirée.

Antoine, de son côté, avait trouvé une nouvelle forme de sérénité dans sa petite ville côtière. Son bar-galerie, **"Le Souffle du Renouveau,"** était devenu un point de rencontre pour les habitants et les visiteurs, un endroit où l'art et la convivialité se rejoignaient. Antoine y exposait les œuvres d'artistes locaux, organisait des soirées musicales, et prenait le temps de connaître chaque personne qui franchissait la porte. C'était une vie simple, loin des tumultes du passé, mais c'était précisément ce qu'il cherchait. Il avait appris à accepter son passé sans en être prisonnier, et chaque jour lui apportait un peu plus de paix.

Clara, quant à elle, avait trouvé son public en tant qu'écrivaine. **"Les Étoiles de la Nuit"** avait rencontré un succès retentissant, touchant des milliers de lecteurs à travers le monde. Elle avait continué à écrire, plongeant dans de nouvelles histoires, mais toujours avec ce même souci de vérité et d'authenticité. Ses livres étaient empreints de sa propre expérience, des luttes qu'elle avait surmontées, et de l'amitié indéfectible qui l'avait portée. Elle vivait désormais dans un petit appartement au cœur de la ville, un endroit modeste mais empli de lumière, où elle pouvait écrire en paix, entourée de ses souvenirs.

Bien que leurs vies aient pris des directions différentes, Élise, Antoine, et Clara restaient profondément liés. Ils s'écrivaient régulièrement, partageant les moments importants, les petites victoires, et parfois les doutes et les peines. Chaque année, ils se retrouvaient, parfois chez Élise dans sa galerie, parfois chez Antoine au bord de la mer, ou chez Clara dans son appartement rempli de livres. Ces rencontres étaient des moments précieux, où ils pouvaient se rappeler tout ce qu'ils avaient traversé ensemble, mais aussi célébrer ce qu'ils étaient devenus.

Lors de l'une de ces retrouvailles, Élise avait dit : "**Nos vies ont pris des chemins séparés, mais je crois que c'est ce qui devait arriver. Nous avons tous trouvé notre place, et c'est ce qui compte.**" Antoine avait hoché la tête, ajoutant avec un sourire : "**Nous avons chacun nos propres étoiles à suivre, mais cela ne signifie pas que nous sommes loin les uns des autres.**" Clara, toujours pensive, avait murmuré : "**C'est comme si Sophie veillait sur nous, où que nous soyons. Je la sens encore à nos côtés, dans tout ce que nous faisons.**"

Le temps passait, mais leur amitié perdurait, résistante à la distance, aux nouvelles vies, aux changements inévitables. Ils avaient appris que la paix intérieure ne venait pas d'une absence de conflit, mais de la capacité à accepter le passé, à vivre le présent, et à embrasser l'avenir avec confiance. Ils savaient aussi que, peu importe où la vie les mènerait, ils pourraient toujours compter les uns sur les autres.

Le chapitre se termine sur cette image : Élise, Antoine, et Clara, chacun dans leur propre environnement, regardant le ciel étoilé. Même séparés par la distance, ils sont unis par les mêmes étoiles, par les mêmes souvenirs, et par la même amitié indéfectible. Les chemins qu'ils ont pris sont différents, mais ils mènent tous à la même destination : une vie vécue pleinement, avec la paix qu'ils ont tous cherché et enfin trouvé.

60. Les Rêves Réalisés

Le soleil commençait à descendre à l'horizon, baignant l'atelier d'Élise dans une lumière dorée et chaude, créant des ombres longues et douces qui dansaient sur les murs. Elle se tenait près de la grande fenêtre, son regard perdu dans la beauté simple mais saisissante du coucher de soleil qui se déployait devant elle. La journée touchait à sa fin, et avec elle, une autre étape de sa vie.

L'atelier, rempli de toiles, de pinceaux, et de souvenirs, était devenu au fil du temps bien plus qu'un simple lieu de travail. C'était un sanctuaire, un espace où elle avait non seulement créé des œuvres d'art, mais aussi transformé ses émotions les plus profondes en quelque chose de tangible, de beau. Chaque coin de la pièce portait la trace de ses réflexions, de ses joies, de ses peines, et des moments de pure inspiration.

Tandis qu'elle contemplait le coucher de soleil, ses pensées se tournèrent inévitablement vers Sophie. Sa chère amie, celle qui avait été à l'origine de tant de changements dans sa vie, n'était plus là physiquement, mais Élise pouvait encore sentir sa présence, comme un murmure dans la brise, une ombre dans la lumière déclinante. Sophie avait toujours cru en la puissance de l'art, en sa capacité à changer le monde, à révéler des vérités cachées, et à toucher les âmes.

Élise sourit doucement en repensant à tout ce qu'elles avaient traversé, tout ce qu'elles avaient accompli, et tout ce qu'elles avaient perdu en chemin. Les luttes, les peines, les sacrifices avaient été nombreux, mais elles avaient également apporté des moments de beauté incommensurable, des victoires inattendues, et des rêves réalisés d'une manière qu'elle n'aurait jamais pu imaginer.

Elle se rappela de la première fois où elle et Sophie avaient parlé de leurs rêves, assises sur le balcon d'un petit café, jeunes et pleines d'espoir. À l'époque, leurs rêves semblaient si éloignés, si impossibles à atteindre. Et pourtant, en observant la lumière dorée du soleil couchant, Élise se rendit compte que, d'une manière ou d'une autre, ils avaient trouvé le chemin de la réalité.

Le succès de ses œuvres, la reconnaissance de son art, la création de la galerie **"Lumière de Vérité"**, tout cela était bien sûr important. Mais ce qui comptait le plus pour Élise, c'était d'avoir vécu ces expériences, d'avoir ressenti chaque moment intensément, et d'avoir été entourée de personnes qui avaient partagé ce voyage avec elle. Elle savait que ces rêves, bien que réalisés de manière inattendue, étaient le reflet des choix, des sacrifices, et de la passion qui avaient guidé chaque étape de son chemin.

Le coucher de soleil commença à se fondre dans la nuit, et les premières étoiles apparurent dans le ciel, brillantes et sereines. Élise prit une grande inspiration, laissant l'air frais du soir emplir ses poumons, et sentit une paix profonde l'envahir. Elle se rendit compte qu'elle n'avait pas seulement réalisé ses rêves, mais qu'elle avait aussi trouvé quelque chose de plus précieux : la satisfaction d'avoir suivi son propre chemin, d'avoir été fidèle à elle-même et à ceux qu'elle aimait.

La lumière du jour s'éteignit lentement, et l'atelier fut plongé dans une douce obscurité, éclairée seulement par les étoiles scintillantes à travers la fenêtre. Élise se détourna du coucher de soleil, jetant un dernier regard aux toiles qui l'entouraient, chaque œuvre étant un témoignage de son voyage, de ses rêves, et de sa vie.

Elle sourit, non pas avec mélancolie, mais avec une reconnaissance profonde pour tout ce qu'elle avait vécu. Sophie, Antoine, Clara... Ils avaient tous contribué à ce qu'elle était devenue, et elle savait qu'ils continueraient à vivre en elle, à travers son art, à travers chaque coup de pinceau, chaque choix de couleur, chaque tableau qu'elle créerait encore.

Élise se dirigea vers son chevalet, où une nouvelle toile blanche attendait, prête à accueillir ses prochaines inspirations. Elle prit un pinceau, se sentant prête à entamer une nouvelle œuvre, une nouvelle étape de sa vie. Elle savait que, peu importe les défis à venir, elle avait la force et le courage de les affronter, car elle avait appris que les rêves, même ceux qui semblent hors de portée, peuvent se réaliser d'une manière inattendue, tant que l'on garde foi en soi-même et en ceux que l'on aime.

Le roman se termine sur cette image : Élise, debout devant sa toile vierge, sous le ciel étoilé, le cœur plein de gratitude et de paix. Le coucher de soleil a cédé la place à la nuit, mais les étoiles brillent plus fort que jamais, symboles des rêves qui ont été réalisés, des chemins qui ont été parcourus, et des nouvelles possibilités qui s'ouvrent devant elle.

Élise est prête à continuer à peindre, à créer, à vivre, sachant que, malgré les défis et les épreuves, les rêves peuvent vraiment se réaliser.

Sommaire

1. Les Éclats d'un Rêve
2. Les Ombres du Passé
3. Le Café des Illusions
4. Les Fragments du Quotidien
5. Les Confessions d'un Barman
6. : Des Mots Inachevés
7. La Rencontre
8. Le Souvenir de Sophie
9. Les Rumeurs d'une Disparition
10. Le Secret du Carnet
11. Les Liens Brisés
12. Les Premiers Indices
13. Le Mensonge d'Antoine
14. Les Tableaux Perdus
15. La Nuit des Révélations
16. Les Fantômes de l'Atelier
17. Le Dîner des Non-Dits
18. Les Messages Cachés
19. La Vérité au Comptoir
20. Les Mémoires d'un Artiste
21. Le Point de Non-Retour
22. Le Retour du Passé
23. Le Pacte
24. La Piste de l'Exposition
25. Les Ombres du Musée
26. Le Miroir de la Vérité
27. Les Silences Complices
28. La Chambre aux Secrets
29. Les Récits Entremêlés
30. Le Silence avant la Tempête
31. Les Masques Tombent

32. Les Liens Cachés
33. Les Pièges du Passé
34. Le Carnet Révélé
35. La Poursuite
36. Le Visage du Danger
37. Les Souvenirs Tissés
38. Le Duel des Consciences
39. L'Enigm du Musée
40. Les Trahisons Dévoilées
41. Le Sacrifice
42. Le Silence des Murs
43. Le Retour de l'Inspiration
44. L'Affrontement
45. Le Dernier Coup de Pinceau
46. Les Révélations Publiques
47. Les Ombres du Tribunal
48. Les Cicatrices Partagées
49. Les Promesses de Demain
50. Le Journal de Sophie
51. Le Retour à la Lumière
52. Le Choix de Clara
53. Les Adieux
54. La Lettre de Sophie
55. Les Larmes du Passé
56. Le Dernier Tableau
57. Le Souffle du Renouveau
58. Les Étoiles de la Nuit
59. Les Chemins Séparés
60. Les Rêves Réalisés

Don't miss out!

Visit the website below and you can sign up to receive emails whenever Kaelan Lysborne publishes a new book. There's no charge and no obligation.

https://books2read.com/r/B-A-IQJOC-DELDF

BOOKS 2 READ

Connecting independent readers to independent writers.

Also by Kaelan Lysborne

Sous les Bombes de Berlin
L'Âme du Petit Prince
L'Écho du Silence
Le Masque du Silence
L'Énigme de l'Hôtel des Cimes
Le Poids des Secrets Fraternels
Le Poids du Mensonge
Le Réveil des Ombres
Les Âmes égarées se Retrouvent
Les Brumes de l'Espoir
Les Éclats d'un Rêve Brisé
Les Épreuves de l'Âme
Les Héritières des Étoiles
Les Ombres du Passé
Les Secrets de Papier
Les Vérités Invisibles
L'Heure des Décisions
Sous les Bombes de Berlin

Milton Keynes UK
Ingram Content Group UK Ltd.
UKHW020014061124
450708UK00001B/155